Literatur heute

DAS BUCH: Der Brief eines Hundes, das Tagebuch einer Eintagsfliege, ein Blick in die heile Welt der Fische, Havelsonntag, Herbstblatt und vorwinterliches Diarium – schon die Titel der Erzählungen sind Wegweiser zum Thema dieser »grünen Geschichten«: der Reaktion von Landschaft, Mensch und Tier aufeinander – und auf die Zeit. Doch nicht romantisch, nein, eher giftig ist das Grün dieser Prosa, denn Wolfdietrich Schnurre bleibt auch hier der literarische Karikaturist der Zeitläufte, die ihn schon immer zu kritischem Engagement provozierten. – »Unter den nennenswerten deutschen Erzählern von Grass bis Lenz (sehr lang ist die Liste nicht) hat der Name eines Mannes besonderen Rang: Wolfdietrich Schnurre hat nicht nur ein stattliches erzählerisches Werk vorzuweisen, er äußert sich auch immer wieder sehr konsequent, sehr deutlich zu politischen Zeitfragen«, schrieb Christian Ferber in der ›Welt am Sonntag‹.

DER AUTOR: Wolfdietrich Schnurre wurde am 22. August 1920 in Frankfurt am Main geboren. Im Alter von acht Jahren zog er mit seinem Vater, einem Bibliothekar und Naturwissenschaftler, nach Berlin. Hier besuchte er die Schule, bis er 1939 Soldat werden mußte. Erst 1946 kehrte er nach Berlin zurück und begann zu schreiben. 1950 erschien als sein erster Geschichtenband *Die Rohrdommel ruft jeden Tag.* Es folgten – unter anderen – *Die Aufzeichnungen des Pudels Ali* (1951), *Eine Rechnung, die nicht aufgeht* (1958), *Als Vaters Bart noch rot war* (1958, Ullstein Buch Nr. 26008), *Das Los unserer Stadt* (1959), *Man sollte dagegen sein* (1960), *Funke im Reisig* (1963), der Lyrikband *Kassiber / Neue Gedichte* (1964), *Was ich für mein Leben gern tue* (1967, Ullstein Buch Nr. 3126), *Schnurre heiter* (1970), *Der wahre Noah* (1974), *Ich brauch Dich* (1976, Ullstein Buch Nr. 3439), *Erzählungen 1945–1965* (1977, Ullstein Bücher Nr. 26003 und 26004) und als »das bei weitem interessanteste literarische Buch des Jahres« (Christian Ferber) *Der Schattenfotograf* (1979). – Wolfdietrich Schnurre war Mitbegründer der Gruppe 47, ist Mitglied der Deutschen Akademie für Sprache und Dichtung und Träger folgender Literaturpreise: Fontane-Preis (1958), Immermann-Preis (1959) und Georg-Mackensen-Preis (1962). Neben seinen in zahlreiche Sprachen übersetzten Buchveröffentlichungen trat er auch mit etwa zwei Dutzend Hörspielen und ebenso vielen Fernsehspielen hervor.

Wolfdietrich Schnurre

Manche gehen lieber in den Wald

Grüne Geschichten

Literatur heute
Ullstein Buch Nr. 26015
im Verlag Ullstein GmbH,
Frankfurt/M – Berlin – Wien
Ursprünglicher Titel:
Ohne Einsatz kein Spiel

Ungekürzte Ausgabe
mit Zeichnungen des Verfassers

Umschlagentwurf:
Zembsch' Werkstatt, München
Autorenfoto: Hilde Zemann

Taschenbuchausgabe in Vereinbarung
mit dem Autor
Printed in Germany 1979
Gesamtherstellung: Ebner Ulm
ISBN 3 548 26015 2

CIP-Kurztitelaufnahme
der Deutschen Bibliothek

Schnurre, Wolfdietrich:

[Sammlung]
Manche gehen lieber in den Wald: grüne
Geschichten / Wolfdietrich Schnurre. [Mit
Zeichn. d. Verf.]. – Ungekürzte Ausg. –
Frankfurt/M, Berlin, Wien: Ullstein,
1978.
(Ullstein-Bücher; 26015)
Frühere Ausg. u. d. T.: Schnurre,
Wolfdietrich: [Sammlung] Ohne
Einsatz kein Spiel.
ISBN 3-548-26015-2

Inhalt

Über dem Fluß 7
Porträt eines Schwierigen 11
Am Kanal 15
Das Fest der Genügsamen 20
Havelsonntag 24
Man muß auch mal Ferien machen 29
Ohne Einsatz kein Spiel 36
Die Weihnachtsmannaffäre 42
Ottilie und ich 80
Im Pensionspreis einbegriffen 85
Wenn die Ukeleis ziehen 91
Der Abschlußball 96
Der große Betrug 117
Herbstblatt 124
Die heile Welt der Fische 128
Vorwinterliches Diarium 133
Brief eines Hundes 143
Manche gehen lieber in den Wald 146
Tagebuch einer Eintagsfliege 155

Über dem Fluß

Links neben dem Hängeboden, dort, wo man eigentlich gar keine Wohnung vermutet, ist aber doch eine: die Wohnung des Doktors. Es sind zwei Zimmer und eine Küche, und weil er sie sich selber hat ausbauen lassen, wohnt er mietfrei; was ihm sehr wichtig ist, denn er kann Termine nicht leiden.
Die Fenster des Doktors gehen direkt auf die Spree, und abends sieht er auf den Zillen die Bootsleute ihre tätowierten Arme verschränken und in den Himmel blicken. Auf dem gegenüberliegenden Ufer haben sich die zerschossenen Häuser noch nicht wieder von ihren Wunden erholt, sie sind verstört etwas zurückgetreten, und über das rissige, noch mit Brandbombenschwänzen gespickte Pflaster davor fährt mehrmals am Tage ein Konsumbrotwagen hin, den ein dampfender Maulesel zieht.
Weiter flußauf ist die Schleuse; dahinter hat man die Spree in ein Becken gestaut, das Anlieger Hafen nennen; es wird von ausgebrannten Lagerhäusern umringt, die sich allmählich wieder zu erholen beginnen; auf einem ehemaligen Kohlenplatz dort blühen Schaubudenzelte, und springt der Wind mal herüber, hört man das Glücksrad schnarren oder einen Drehorgelton.
Es ist Nachmittag, fünf Uhr. Am Kai gegenüber liegen zwei Schlepper vertäut, die Ella und Richard II heißen; aus ihren Schornsteinen steigt grausilberner Rauch auf, und auf Ella sitzt vor der Wohnkabine die Chefin und schält für die Abendmahlzeit Kartoffeln, und auf Richard II lehnt am Steuer der Kapitän und starrt bewegungslos in den Fluß.
Der Doktor hat sich den Bastkorb mit den Gänseschmalzbrötchen aufs Fensterbrett geholt, er sitzt kauend daneben und sieht den Mauerseglern nach, die in kreischenden Trupps über die Spree jagen. Im Zimmer läuft halblaut das Radio; senkrecht unter dem Doktor hat ein Angler seinen Kahn festgebunden, aber er achtet nicht darauf, ob einer anbeißt, und der Doktor macht es wie jener, sein Blick streift den Kahn nur, schon gleitet er weiter. Es ist wie mit dem Glück: man muß uninteressiert an ihm sein, wenn es kommen soll.
Der Doktor blickt weiter flußaufwärts, zu den Anlegepfosten hin, auf denen wie Schlagsahnekleckse die Möwen hocken. Von der Brücke herüber hört er die Straßenbahn läuten, ein Auto hupt, und manchmal weht der Wind auch vom S-Bahnhof her und bringt Zugrattern mit.
Das Schmalz ist hervorragend. Gemächlich spült der Doktor nach jedem Bissen den Fettgeschmack mit einem Schluck Mokka hinunter, dann beißt er aufs neue in ein knirschendes Brötchen. Wie immer, wenn der Dienst beendet ist, verliert die tägliche Ärgerniswolke an Kontur, und nach einer Stunde Aus-dem-Fen-

Es ist wie mit dem Glück

ster-Sehen ist der Doktor ein neuer Mensch. Er ist kein Einsiedler; im Gegenteil, er sieht ein, daß Vorgesetzte, Kollegen und Mitmenschen nicht zu umgehen sind, und er grüßt auch immer recht freundlich, wenn er auf der Treppe einem Hausgenossen begegnet.
Nur ab vier Uhr, wenn die Bibliothek ihre Pforten schließt und er die paar Schritte zu seiner Haustüre hinübergeht, wünscht sich der Doktor, niemand zu begegnen und ungesehen zu seiner Wohnung hinaufzugelangen. Er hält dann die Luft an auf der Treppe, und ist er oben, muß er sich immer erst einen Augenblick lang ans Herz fassen, ehe er aufschließt.
Aber dann knarrt die Tür, aus dem Flur weht der Bohnenkrautgeruch ihm entgegen, und jetzt hängt der Doktor den Volksbibliothekar an den Haken, pfeifend setzt er das Wasser aufs Gas, und nun schraubt er das Glas mit dem Gänseschmalz auf und fängt an, sich die Brötchen zu streichen.
Unten knattert eine Motorbarkasse vorüber und scheucht die Möwen auf. Der Angler und der Doktor sehen ihr nach; auch der Kapitän auf Richard II unternimmt den Versuch, den Kopf umzuwenden, läßt es dann aber.
Die Chefin auf Ella ist fertig; sie setzt die Schüssel mit den Kartoffeln zur Seite und schüttet die Schalen ins Wasser. Der Doktor

Das Schwebende, meint er,
sei das Gewollte

sieht, wie sie, als seien es Goldstücke, in der Tiefe versinken, und das erinnert ihn an die blonde Studentin, mit der er sich für heute abend verabredet hat.
Er hält sehr viel von den Frauen; und deshalb ist er auch Junggeselle geblieben, denn er findet, daß der Reiz einer Frau in dem Maße abnimmt, wie ihr Bedürfnis, vor Anker gehen zu wollen, sich auswächst. Das Schwebende, meint er, sei das höheren Ortes Gewollte; Dauer, Beständigkeit, Treue sind ihm Untugenden, die flügellahm machen.
Eine Möwe umkreist jetzt das Fenster; der Doktor wirft ihr einen Brötchenbrocken mit Gänseschmalz zu, den sie geschickt mit dem Schnabel auffängt, dann kippt sie schräg zur Flußmitte hin ab. Der Doktor mag Möwen gern; nur daß sie brüten und dann wochenlang pedantisch ihre Nester bewachen und Junge aufziehen sollen, wird er niemals begreifen.
Er gießt sich eine neue Tasse Kaffee ein, der Duft steigt ihm in die Nase, er schließt die Augen und summt die Melodien des Potpourris aus der Lustigen Witwe mit, das aus dem Radio ertönt. Er hätte auch Bankangestellter werden können, ein Freund hatte Beziehungen zum Direktor der Städtischen Depositenkasse; aber die Bibliothek schließt um vier, und die Bank erst um fünf; da hat der Doktor sich für jene entschieden.

Übrigens ist der Doktor kein Doktor, er sieht nur so aus; und daß man ihn Doktor nennt, hat er der Achtung der Leute vor langen Nasen und bleichen Stirnen zuzuschreiben. Aber es macht ihm nichts aus, sich so nennen zu hören; er weiß, wie wenig Namen und Titel besagen, und man hätte ihn, obwohl er Albert heißt und mit diesem Namen, da er überhaupt nichts besagt, eigentlich recht zufrieden ist, ebensogut auch Maximilian oder Waldemar nennen können, ihm ist das gleichgültig; ihm ist noch viel mehr gleichgültig.
Seinen Beruf zum Beispiel übt er nur aus, um nach Feierabend zu einem unbeanstandeten Eigenleben zu kommen. Da er folglich niemand überflügeln und auch nicht aufsteigen will, ist er bei seinen Kollegen äußerst beliebt. Seine Vorgesetzten schätzen ihn weniger; es macht sie stutzig, den Doktor seine Pflichten ohne Gehaltsaufbesserungswünsche erfüllen zu sehen, sie wittern einen Umstürzler und Kabalenspinner in ihm. Aber gerade deshalb fassen sie ihn mit Glacéhandschuhen an, und dem Doktor ist das nur recht.
Die Sonne ist hinter einer schieferfarbenen Abendwolke verschwunden. Der Doktor räumt das Geschirr ab, er zupft auf dem Sofa das Kissen glatt, dann stellt er die Zigaretten, die Fondants und die Kekse zurecht, denn um acht wollte sie kommen.
Aber es ist noch eine halbe Stunde Zeit, und so setzt er sich wieder auf die Fensterbank und sieht auf die Spree.
Der Angler hockt jetzt im Schatten, das Wasser sieht aus wie flüssiger Teer.
Den Doktor fröstelt. Er spürt die Kühle vom Fluß wie Kaffee im Zuckerwürfel die Wände hochkriechen, und ihm fallen auf einmal auch wieder die gelben Blätter ein, die heute morgen die Straßenfeger unter den Platanen vor der Bibliothek zusammengefegt haben; und da er das Leben liebt, liebt er es auch, traurig zu sein, und sogleich ruft er sich eine Anthologie beziehungsreicher Schwermutsstrophen ins Gedächtnis.
Schmerzlich blickt er dabei auf die Spree, und indes er so dahockt und sich selber, die tragischen Verse aufsagend, um ein Rondell verblühter Rosen herumkreisen sieht, starrt auf Richard II der Kapitän bewegungslos in den Fluß, ist in der Kabine von Ella die Chefin dabei, den Spirituskocher zu entzünden, und packt der Angler unter dem Fenster des Doktors jetzt gähnend die Ruten zusammen.
Von der Brücke herüber hört man die Straßenbahn klingeln, ein Auto hupt, dann kommt vom andern Flußufer her noch das Tripptrapp des dampfenden Maultiers dazu, das den Brotwagen zieht, und hin und wieder pfeift auch im Hafen ein Schlepper.
Es ist längst acht Uhr vorüber. Die Möwen auf den Anlegepfosten halten die Häuserschatten für Nacht und haben die Köpfe unter die Flügel geschoben; nur die Mauersegler jagen

sich noch kreischend um die abendsonnenvergoldeten Giebel der Lagerhäuser. Aber wie die Studentin den Doktor, so hat auch der Doktor die Studentin vergessen; vornübergebeugt sitzt er auf dem Fensterbrett und lauscht angehaltenen Atems zum Hafen hinüber, wo auf dem Rummel die Drehorgel jetzt La paloma, sein Lieblingslied, spielt.

Porträt eines Schwierigen

Obwohl er bei der Zeitung ist, findet der Lange das Leben nicht schlecht. Als wacher Reporter glaubt er zu wissen, wie es ursprünglich geplant war, und er wundert sich nur, daß man an verantwortlicher Stelle die Aufgabe, etwas daraus zu machen, so leichtfertig auf die Menschen selbst hat übertragen können. Nämlich die liebt er zwar, doch er hält nichts von ihnen.
Wie der Lange Reporter geworden ist, weiß niemand. Sein Ressortchef sagt, aus Versehen, denn er sieht einen geistig Minderbemittelten in ihm. Doch der Lange ist nicht geistig minderbemittelt, er ist eben nur einfach kein Zeitungsmensch; und das wirkt sich nachteilig aus, wenn man versucht, Reporter zu sein.
Aber der Lange hat noch einen anderen Fehler, unter dem er weit mehr leidet: seine Länge; und auch seine Ungeschicklichkeit macht ihm zu schaffen. Die Kollegen behaupten jedoch, das Unerträglichste an ihm sei sein Mitgefühl, das er allem entgegenbringt, über das er berichten muß. Daran ist etwas Wahres. Er kann sich mit Leid vollsaugen wie ein Schwamm; den drückt er dann über seinen Reportagen aus. Auf diese Weise bekommt er sie fast alle zurück, und der Chef hat mit Rotstift ›Sind wir vielleicht das Sozialamt?‹ darübergeschrieben.
Wenn der Lange nach Hause kommt, nimmt er zunächst mal den Hut ab; damit ist schon sehr viel gewonnen, denn jetzt mißt er nur noch einsneunundneunzig. Er zieht den Kopf ein und geht in die Küche, wo er sich umständlich ein Rührei zu bereiten beginnt.
Die Wirtin sitzt in der Ecke; sie hat vor lauter Geiz all ihre Zimmer vermietet, da ist für sie nur noch die Küche übriggeblieben. In der sitzt sie nun wie die Spinne im Netz und erwartet ihre Fliegen von Untermietern, von denen der Lange ihr der verhaßteste ist.
Auch er kann sie nicht leiden. Aber während sie aus ihrem gerechten Wirtinnenzorn keinen Hehl macht, verschließt er den Zorn des zu Unrecht Beschuldigten tief hinter der schmalbrüstigen Brieftasche; und die ganzen Jahre, die er nun Abend für Abend die Unverfrorenheit hat, sich in diesem Küchenpalast sein Rührei zu machen, hat er nicht ein einziges Mal aufgemuckt.
Auch jetzt übersieht er geflissentlich ihren stieläugigen Krebs-

blick und bemüht sich, als sei er unbeobachtet, die Margarine vom Messer auf den Pfannenrand zu übertragen, was ihm immer schon schwerfiel.
Der Mein-Gott-diese-Ungeschicklichkeit-Seufzer der Wirtin dabei ist so alt wie die Welt, und wie diese hört auch der Lange über ihn weg.
Tieftraurig darüber, daß er nun etwas so Vollkommenes entzweischlagen muß, streichelt sein Spachteldaumen über die glatte Rundung des Ei's. Es ist wie mit allem Vollendeten: jetzt lockt es die Zerstörung nur doppelt schnell an. Seufzend holt der Lange jetzt aus, und der Dotter brodelt im Fett.
»Lieber Himmel«, sagt die Wirtin mit einem Gesicht, als hätte sie Essig getrunken. Sie hat recht, ›Lieber Himmel‹ zu sagen, denn des Langen Ungeschicklichkeit ist jahrmarktsreif. Aber sie brauchte das nicht immer so angewidert zu sagen, schließlich ist Geschicklichkeit so wenig zu lernen, wie Ungeschicklichkeit abzugewöhnen; man hat es oder man es nicht, beides sind direkte Schicksalsmitgiften, und ihre Träger können nichts Besseres machen, als mit den ihnen anvertrauten Pfunden zu wuchern; was der Lange mit dem seinen gewiß rechtschaffen tut.
Jetzt stellt er das Gas ab und langt das Brot aus dem Kasten, wobei zwei uralte Brötchen, die er dort vor den Luchsaugen der Wirtin zu verbergen getrachtet hat, verabredungsgemäß auf den Steinboden fallen, und eins unter den Herd und das andere unters Büfett kollern, wo sie der Lange erst wieder ächzend und schmählich von der Wirtin beschimpft, hervorangeln muß.
Die Wirtin ist einssechsundfünfzig, und es wäre eine Kleinigkeit für den Langen, sie mit zwei Fingern an die Gardinenstange zu hängen; aber er bringt es nicht fertig, nachtragend zu sein, und so läßt er sie schelten, nimmt die Pfanne vom Herd und geht mit eingezogenem Kopf auf sein Zimmer. Hier bleibt er mitten im Raum stehen, weil ihm eingefallen ist, daß er etwas vergessen hat. Und indes er so dasteht, wird es Abend, und mit den einfallenden Schatten kommen neue Gedanken, und der Lange denkt wieder an seinen Lieblingsbaum, an die Palme, und an Albatrosse und Möwen und erleuchtete Ozeandampfer, und der Rumba der Bordkapelle mischt sich mit dem Geschluchz der Hawaiigitarren, und jetzt dröhnt von einer der im Reiseführer als ›selig‹ bezeichneten Inseln eine brünstige Trommel herüber, wird lauter, schwillt an, die Türe geht auf, und da steht, die Himmelsgloriole ihrer Palastküche im Rücken, die Wirtin und möchte die Pfanne.
Erschreckt, ernüchtert hält ihr der Lange sie hin. Aber auf der Pfanne ist noch das Rührei; es ist kalt geworden inzwischen, und da vorhin schon kein Fett mehr darauf war, ist es jetzt festgebacken. Verlegen sich räuspernd kratzt der Lange es ab, und krachend wirft die Wirtin die Türe ins Schloß.

Des Langen Herz schlägt zum Zerspringen, er kann nichts mehr essen, Lärm zersägt ihm die Seele; mit drei zugeschmetterten Türen am Tag kann man ihn töten; er ist krank jetzt, er legt zitternd das Brot auf den Blumenständer, siebenundzwanzig Wirtinnen pochen an die glühende Wand seiner Schläfen, kratzen Rührei aus erkalteten Pfannen und überbieten einander im Türenzuschmettern.
Zerschlagen zieht er zwei Stühle ans Fußende der Wachstuchcouch, dann legt er sich hin. Er hat noch nie auf einer Couch gelegen, die ihm auch die Beine auszustrecken erlaubt hätte; Couchfabrikanten rechnen nicht mit Riesen; niemand rechnet mit ihnen.
Das Dunkel im Zimmer ist kompakter geworden. Die Nacht kommt, die Sterne steigen herauf, und der Lange denkt nach, ob es vielleicht noch mehr Lange gibt.
Nicht, daß er sich einsam fühlte; bewahre. Er findet es ganz in der Ordnung, niemand um sich zu haben. Nein, es wäre ihm nur hin und wieder nicht unangenehm gewesen zu wissen, daß er nicht der einzige Einhundertneunundneunziger ist, er kommt sich oft so alt und ahnungsvoll vor, er hat häufig das Gefühl, einer Art prähistorischen Riesen-Orden anzugehören, von dem ihm auferlegt wurde, hier hienieden dessen irdische Belange zu wahren. Und da hätte der Lange eben lediglich gern mal gewußt, wie es sich damit verhält, und ob *alle* Langen in der Gewißheit leben, diesem Orden anzugehören.
Unten fährt ein Auto vorüber. Das Fenster schneidet aus dem Scheinwerferlicht ein *gevierteiltes* Rechteck heraus, das über die Decke gleitet, sich zur Raute verschiebt, die Wand hinabrutscht und wieder verlöscht.
Der Lange hört den Lautsprecher seines linken Zimmernachbarn, der Nachrichten bringt; der seines rechten ist auf Jazz eingestellt. Er, der Lange, dagegen so gar nicht. Er will nur Ruhe. Aber er weiß auch, daß Ruhe eine Unbekannte ist, die immer erst durch Nachbarn, Rücksichtslosigkeiten, Radios und Neugier dividiert werden muß.
Es ist ähnlich wie mit dem Nicht-Auffallenwollen. Er wünscht es sich sehnlichst; täglich erträumt er's. Jedoch kaum überquert er die Straße, betritt er eingezogenen Kopfs die Elektrische, schon geht das Halsrecken los, das Getuschel, das Kichern, und die Kinder, die es immer besonders gut meinen, rufen ihm ›Lulatsch‹ nach und ›Elend‹ und ›Funkturm‹ und ›Storch im Salat‹.
Immer ist man mit dieser Größe Repräsentant des Außergewöhnlichen, stets Wellenbrecher und Mole in einem Meer herzlosen Lächelns und dumpf dämmernden Staunens; ständig steht man in diplomatischen Diensten und hat man, gemischt mit einem Anflug wissender Komik, die befohlene Maske herablas-

sender Gewährung zu tragen, wie sie sich nun mal die Dicken und Langen auf der ganzen Welt vor das Gesicht halten müssen.
Daß allerdings solche Geschöpfe, wie er in seiner Länge und Unbeholfenheit eins darstellt, auf die Erde geschickt worden sind, um daran zu erinnern, daß es die pure Freundlichkeit ist, wenn der Weltschöpfer das Wachstum der Zellen begrenzt; daß alle Langen und Dicken und Kleinen und Buckligen eigentlich verkörperte Warnungen, eigentlich mahnende Fingerzeige des göttlichen Bildners sind – das weiß der Lange nicht.
Und so wird er wohl bis an sein Lebensende nicht aufhören, sich die gleiche Frage zu stellen, wie sie sich noch alle Gezeichneten vorgelegt haben: »Warum gerade ich?« Denn sein Vater war klein, seine Mutter fast winzig, und sein Großvater gar hat zur Silberhochzeit noch seinen Konfirmandenanzug getragen.

Am Kanal

Das Haus, in dem der Bucklige sein Lager hat, ist alt und steht am Kanal. Der Kanal ist früher einmal schiffbar gewesen, und der Bucklige entsinnt sich noch gut der Obstkähne auf ihm. Heute ist der Kanal mit den Gerippen der gesprengten Brücken gefüllt, und die Angler fluchen, weil sie sich an den muschelbewachsenen Streben mit ihren Schnüren verheddern.
Wenn der Bucklige über sein Pult weg durch das spinnwebverhangene Fenster sieht, kann er das blankgescheuerte Eisengitter erkennen, auf dem abends die Aalangler sitzen und dahinter, auf dem gegenüberliegenden Ufer, die ausgebrannte Ruine der Uniformknöpfefabrik.
Es ist sieben Uhr früh, und es regnet in Strömen. Der Bucklige war auf dem Hof, er hat dem Zughund einen Brotkanten und die Heringsköpfe von der Abendmahlzeit gebracht. Jetzt wischt er sich die Tropfen von der Glatze und riegelt die Kellertür zu.
Es ist fast dunkel im Raum, und im Nebenkeller hat Karl, das Faktotum, sich Licht angezündet und schichtet die Gegenstände um, die schimmlig geworden sind.
Der Bucklige kriecht auf den Drehschemel und starrt in den Regen hinaus. Er hat die Lippen zu einem lautlosen Pfeifen geschürzt und trommelt aufs Pult. Ihm ist dieses Wetter nur recht; es macht die tägliche Geschäftsfahrt unmöglich, die er so haßt, weil sie erniedrigt, und die doch notwendig ist, denn er lebt ja von ihr.
Er liebt den Regen jedoch auch noch aus einem anderen Grund: er hält die Kinder im Haus fest. Und die haßt der Bucklige fast

noch mehr als seine Geschäftsfahrt; denn wenn viele von ihnen jetzt auch nicht größer als er sind (das heißt einsfünfundvierzig vielleicht), es wird der Tag kommen, da sie ihn alle um gut ein bis zwei Haupteslängen überragen.
Doch jetzt regnet es, und das hat ihn milde gestimmt. Er wird heute abend mit Karl, dem Faktotum, ein Eisbein essen gehn in der Kneipe und ein Bier zischen danach und sich das Fernsehprogramm ansehen; schließlich kann man nicht immer nur auf seinem Drehschemel sitzen, und das Faktotum hat so eine Abwechslung bestimmt auch mal verdient.
Das Faktotum ist etwas zurückgeblieben, und es gibt Leute, die behaupten, der Bucklige beute es aus. Aber was sagt das; er läßt es arbeiten, und arbeiten müssen wir alle.
Das Haus des Buckligen gehört zu dem achtel Quadratkilometer Altstadt, über den Gott im Krieg seinen Daumen gehalten hat, und jetzt liegt dieser Stadtteil mit seinen durchhängenden Dachfirsten, seinen sperrigen Schindeln und ausgetretenen Steinstufen wie eine Insel inmitten der Trümmer.
Dieser Ort ist die Stätte seines Niederganges. Der Bucklige weiß das; doch er will es nicht wahrhaben, er hat sich geschworen,

Es duckt sich

es im Leben zu etwas zu bringen. Aber das ist von Anfang an schon ein Meineid gewesen, denn sein Vater ist mit einem Scherenschleifstein herumgezogen, und den Leichnam des Großvaters hat man unter den Hinterrädern seines Leierkastens hervorgezerrt.
Jetzt blinzelt Karl, das Faktotum, herein; es hält den Glasschirm einer Petroleumlampe in der Hand, dessen Saum es beschädigt hat.
Der Bucklige merkt, daß er angesehen wird, seine Rückennerven funktionieren wie eine Antenne.
»Was ist los«, fragt er unwirsch.
»Kaputtgemacht«, sagt das Faktotum und duckt sich.
Der Bucklige dreht sich herum. »Zeig her.«
Zitternd reicht ihm das Faktotum den Schirm.
Der Bucklige schiebt sich die Brille auf die Stirn, hebt den Schirm gegen das Fenster und betrachtet ihn prüfend.
»Zwanzig Pfennig«, sagt er und reicht ihn dem Faktotum zurück.
»Zehn«, sagt das Faktotum und kriecht noch mehr in sich zusammen.
»Zwanzig.« Der Bucklige hält ihm die Hand hin, und es zahlt den angerichteten Schaden von seinem Taschengeld und stolpert verstört ins Lager zurück.
Der Bucklige starrt wieder in den Regen hinaus. Er liebt das Faktotum, weil es noch unglücklicher ist als er. Aber manchmal hat er auch Lust, es zu verprügeln, denn er hat es zugleich im Verdacht, verschlagen zu sein, und das darf man nicht, findet er, wenn man so zurückgeblieben ist wie das Faktotum; es hindert am Mitleidempfinden.
Am meisten hat er jedoch Mitleid mit sich selber. Er glaubt heute noch, daß das Schicksal sich geirrt hat, als es ihn zum erstenmal den Zughund vor den Handwagen spannen und Lumpen und Altmetall einsammeln ließ. Denn er hatte sich nach diesem Beruf nicht gerissen, und sein Vater wollte schon immer, er sollte etwas Höheres werden. Aber wie das so ist: Eines Tages übte er seinen Beruf eben aus und dabei ist es geblieben.
In die Altstadt ist er erst nach dem Kriege gezogen. Er glaubte damals, hier, wo alles so alt und verbraucht war, wäre noch am meisten zu holen. Was sich allerdings als ein Trugschluß erwies, denn die Leute hier waren arm, und arme Leute halten auch noch Altes für neu.
Er hat diesen Stadtteil seither auch nicht mehr gemocht; eins allerdings empfindet er trotzdem noch als ganz akzeptabel: daß alles so winzig ist hier. Dabei bekommt ihm das Klima so nah am Kanal überhaupt nicht. Aber wer atmet schon die Luft, von der er glaubt, sie sei ihm bestimmt? Es gibt Schlimmeres, als sich mit Feuchtigkeit abfinden zu müssen.

Tage wie der heutige allerdings lassen den Buckligen selbst dieses Schlimmere vergessen. Es regnet, die Eisentüre ist dreifach verschlossen, man ist allein – : Was will man mehr? Er hat den Kopf in die Hände gestützt und pfeift vor sich hin.
Im Lager hinter ihm rumpelt das Faktotum herum. Es spricht laut vor sich hin, es kommt über das Unglück mit dem Lampenschirm nicht hinweg. Der Regen spritzt an die Scheiben, durch das blankgescheuerte Eisengitter am Kanal blicken schwärzlich die ausgebrannten Fenster der Uniformknöpfefabrik herüber, und manchmal sieht der Bucklige auch ein paar nackte Kinderbeine, an die ein weißer Brötchenbeutel schlägt, durch die Pfützen stieben, oder ein paar Schuhe mit einem Stück Wade oder einem schlenkernden Hosenbein darüber hasten vorbei.
Es ist seltsam, aber so lange er denken kann, hat er eigentlich immer in Souterrainwohnungen und Kellern gehaust und ist sein heißester Wunsch immer gewesen, einmal im Dachgeschoß eines Hochhauses zu wohnen. Aber daraus wird nichts, die Mäuse werden es nie den Eichhörnchen gleichtun. Der Bucklige hütet sich jedoch, das einzusehen, dazu hat er sich schon viel zu oft an diesem Wunschtraum goutiert.
Daß er es in Wahrheit haßt, über der Erde zu wohnen; daß er sich in seiner Winzigkeit viel zu verloren und stäubchenhaft vorkommt, um es auf sich zu nehmen, losgelöst von der Erde, direkt unter dem Himmel zu leben – auch das wird er nie wahrhaben wollen.
Und doch hat er sich schon als Kind am liebsten unter dem Sofa oder im Keller verkrochen, und wenn er ehrlich wäre, müßte er zugeben, daß er sich auch jetzt nur dann richtig wohlfühlt, wenn er sich, wie eine Steckrübe, mindestens bis zur verwachsenen Schulter unter der Erde befindet.
Es wäre nicht schwer für ihn, dieses Kaninchenbedürfnis zu analysieren, denen er ist nicht dumm; aber es würde ihn zwingen, über sich nachzudenken, und das tut er nicht gern. Er hat zu großen Respekt vor den ungeputzten Fenstern in seinem Innern, er blickt sie lieber an, statt durch sie hindurch, und diese Vorsichtsmaßnahme hat sich im Laufe der Zeit mit der vorschnellen These verbündet: Wer klein sei und bucklig, der müsse das durch Strenge und Forschheit wieder wettzumachen versuchen.
All das zusammengenommen hat nun zur Folge, daß ihn niemand mehr mag; denn wer sieht der Schildkröte schon ihr Panzerhemd nach; und so sind dem Buckligen nun nur noch Roland der Zughund und Karl das Faktotum geblieben.
Darüber ist er oft dermaßen außer sich, daß er dann alles darauf anlegt, es mit diesen beiden auch noch zu verderben. Aber der Zughund ist feige und bekommt sein Essen von ihm, und dem

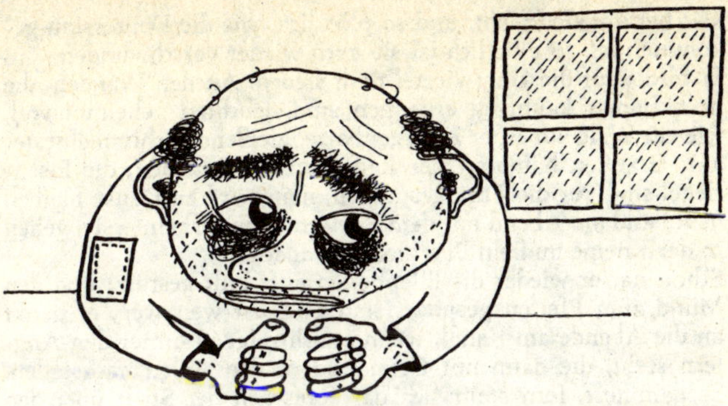

Man muß beweisen, daß man noch lebt

Faktotum geht es kaum anders; und so werden sie ihn wohl kaum in absehbarer Zeit verlassen.
Eben dieser Gedanke, der doch sein tröstlichster sein müßte, erregt den Buckligen nun aber auch wieder am meisten, denn er sagt ja, es wird sich in seinem Leben nichts ändern; und es soll sich doch *alles* mal ändern.
Aber gerade jetzt hat ihn wieder – der Himmel mag wissen, warum (und er weiß es auch) – das Fensterkreuz an den Friedhof erinnert; dagegen muß etwas getan werden, man muß beweisen, daß man noch lebt. Und er dreht sich um und schreit das Faktotum an.
Er weiß, es wird sich jetzt den ganzen Morgen kaum noch zu bewegen getrauen; aber darauf kommt es letzten Endes nicht an; sondern worauf es ankommt, das ist, das Gefühl loszuwerden, daß man unwichtig sei. Und schnell ruft er sich, obwohl sie jedesmal weit über Canossa hinausführen, seine täglichen Geschäftsfahrten in Erinnerung, wie er, indes das Faktotum beim Zughund zurückbleibt und die Lumpen sortiert, von Tür zu Tür hastet und nach Altmetall fragt. Er sieht die ärgerlich belustigten Gesichter der Leute, wenn er sie mit seiner unleidlichen Feldwebelstimme anherrscht, und er sieht sich selbst, wie er wichtig-nichtig vor ihnen steht und sich jedesmal so dreht, daß man nach Möglichkeit seinen Buckel nicht sieht, obwohl es diese Möglichkeit gar nicht gibt, denn man sieht ihn rundum.
Doch gerade als er von einer neuen Minderwertigkeitswoge erfaßt zu werden droht, besinnt er sich, wo er ist, sieht er, daß es noch regnet, riecht er die tausend Gerüche, die die Feuchtig-

keit hervorgelockt hat, und so plötzlich, wie die Depression gekommen ist, so plötzlich ist sie auch wieder verschwunden.
Er blickt auf die Uhr: viertel nach sieben. An den Wänden, die noch immer kaum zu erkennen sind, leuchten geheimnisvoll, wie ein Wald silberner Zwergenbärte, gleißende Schimmelnester auf. Draußen hämmert der Regen an die Scheiben, die Eisenriegel sind vor die Türe geschoben, man wird zu Hause bleiben heute und am Abend mit dem Faktotum ein Eisbein essen gehen in der Kneipe und ein Bier zischen danach.
Schon hat er wieder die Ellenbogen aufs Pult gestützt und den Mund zum Pfeifen gespitzt; sein Blick ist weit weg, er denkt an die Abende am Kanal, wenn er schweigend hinter den Anglern steht, die dann mit Grundködern den Aalen nachstellen. Es dämmert, fern staut sich das Rauschen der Stadt über den Trümmern, von der Brücke her kommt Gekreisch, ein Fensterladen wird zugehakt, eine Katze schreit; längst sind alle Demütigungen vergessen: Er hört seinen Großvater die Drehorgel spielen, den Vater das Messer wetzen am Stein, er hat die Augen geschlossen und summt vor sich hin.
Nicht lange jedoch. Denn auf einmal ist das Regengeräusch weg; wie durch ein Hahndrehen abgestellt, hat der Guß aufgehört, und im blitzenden Pflaster draußen und in dem blankgescheuerten Gitter spiegelt sich strahlend die Sonne.
Und schon rast auch wieder eine Schar nackter Kinderbeine am Fenster vorbei durch die Pfützen, vier Hundebeine, zottig und mit Kot bespritzt, folgen; jetzt hört der Bucklige die Kinderschar kreischend eine Schar andrer Kinder beschimpfen, er erhebt sich schwerfällig und sieht nach der Uhr: Halb acht; es wird Zeit, den Zughund anzuschirren.

Das Fest der Genügsamen

Dies war ein Frühlingstag, wie Herr Kellotat ihn sich seit Jahren gewünscht hatte. Als er, noch in Hemdsärmeln, aber schon die Weste vom ›Guten‹ über den sanft gewölbten Spitzbauch gestrafft, sich aus dem Hoffenster lehnte, lag ein Gold auf den Müllkastendeckeln, wie er es dieser staubumflorten Frühjahrssonne nie zugetraut hätte. Er mußte an seine Jugendzeit denken; Murmelwetter hatte man das damals genannt.
Herr Kellotat nahm sich fest vor, einmal darauf zu achten, ob schon frisch lasierte Murmeln hinter dem trüben Fenster der Papierhandlung lägen. Wenn nicht, würde man Herrn Wocke, den Ladeninhaber, daran erinnern müssen.
Im Schlafzimmer, in dem es milde nach Naphthalin und Lavendel roch, war indes Viola, Oskar Kellotats Frau, dabei, sich (zum erstenmal wieder in diesem Jahr) ins ›Durchbrochene‹ zu

Er bot ihr den Arm

zwängen. Das war ein Sonntagskleid so zeitlos wie ein Spazierstock; Viola hatte es als Mädchen von ihrer Großtante erhalten, und noch immer fiel es im Gedränge nicht auf.
Und hinzu kam ja auch, es war nicht nur ein richtiger Frühlingstag heute, es war auch ein Festtag. Heute vor fünfundzwanzig Jahren war der damals dreißigjährige Klempnermeister Oskar Kellotat zu der damals zweiunddreißigjährigen Gardinenspannerin Viola Lüsebrink gekommen und hatte sie gefragt, ob sie sich unter Umständen etwas davon verspräche, wenn man es sich durch den Kopf gehen ließe, statt allein weiterzuwursteln, die Sache jetzt mal zu zweit zu betreiben.
Viola hatte zwar öliges Werg (nach dem Oskar auch heute noch roch) nie leiden mögen, aber Oskar war selbständig, Oskar rauchte nicht, Oskar trank nicht, Oskar hatte nur einen Silberblick und etwas mit seinem Herzen. Kurz: Oskar war genau das, was man eine solide Partie nannte. Und solide waren die fünfundzwanzig Jahre, die nun hinter ihnen lagen, ja dann auch gewesen.
Schön, da war dieser Krieg. Aber auch im Krieg gab es Wasserrohrbrüche und mußte (nach Möglichkeit wenigstens) die Spülung intakt sein. Na, und dann Oskars schreckhaftes Herz. Dies

und sein lebensbejahender Klempnerberuf hatten bewirkt: er war zu Hause geblieben. Und schon war auch dieses Vierteljahrhundert herum, schneller, als man es je für möglich gehalten hatte. Dort vor dem Fenster standen die Alpenveilchen mit der silbernen Fünfundzwanzig darin, vergängliches Mahnmal einer nur ach *zu* vergänglichen Zeit.
Viola seufzte und legte sich ihren Silberfuchs um. Dann strich sie sich vor dem Spiegel über das frisch ondulierte Gelock und schritt in ihren knarrenden Sonntagsschuhen zu Oskar hinüber.
Der war schon fertig. Er rückte noch (mit einer entschlossenen Bewegung, die er sich bereits als Achtzehnjähriger zugelegt hatte) seine Krawatte zurecht, setzte vor der Flurgarderobe die karierte Schildmütze auf und bot Viola den Arm; und nun begann der offizielle Teil ihrer Festivität: der Gang auf den Rummel, genauer: die Erinnerungsfahrt in der Riesenradgondel.
In der Gondel eines Riesenrades nämlich hatte Oskar Viola kennengelernt, und in der Gondel eines Riesenrades wollten sie auch heute in die erste Runde ihres gemeinsamen halben Jahrhunderts hinaufsteigen.
Doch es dauerte noch eine Weile, ehe sie sich dann auf dem Rummel, der an diesem Frühlingstag bunt wie ein verblichener Papierblumenstrauß war, durch die Scharen weltmännisch-vergnügungssüchtiger Halbwüchsiger zum Riesenrad hindurchgearbeitet hatten. Denn Oskar ruhte an diesem Festtag nicht eher, bis Viola vor Teddybären, Schaumweinflaschen, Pralinenschachteln und bebänderten Sammeltassen kaum noch wußte, wie sie den Kopf tragen sollte. Sie war daher doppelt froh, daß sie diesen, Oskars Güte entsprossenen Berg nun für einen Augenblick in der Gondel des Riesenrades abladen konnte.
Und noch während sie sich sorglich damit beschäftigt, hebt sich ihr Blechkahn knarrend ins krause Frühlingsgewölk. Jetzt erst, da man ihm schwebend enthoben, erkennt man auch die Urbestandteile des Lärms unter sich. Die Riesenradorgel spielt ›An den blauen Wassern von Hawaii‹, die Orgel des Kettenkarussells spielt ›Haben Sie schon mal im Dunkeln geküßt?‹, die Luftschaukelorgel spielt ›Alle Tage ist kein Sonntag‹ und der Invalide am Eingang gar, er hat heute seine Feiertagswalze im Kasten, auf der das Wolgalied ist, der Hohenfriedberger und ein Stück aus Frau Luna; und manchmal springt die Walze und hört mitten im Hohenfriedberger auf und läuft mitten im Wolgalied weiter; und auch das Schnarren des Glücksrads ist jetzt deutlich zu hören und, von den Schießständen her, das blecherne Schnappen der Bolzen, wenn der gekrümmte Zeigefinger den Abzugshahn drückt.
Oskar findet diese Himmelfahrt nach wie vor außerordentlich erhebend; irgendwie, meint er, reinigt sie einen, macht sie

einen ruhiger und größer; man hat das Gefühl, hier einen Weg, den die Seele schon Hunderte von Malen zurückgelegt hat, nun endlich auch selber kennenzulernen und gar nicht lange, und man befindet sich plötzlich in einer riesigen, mit rosa Watte ausgeschlagenen Empfangshalle, und religiöse Damen in hellen Gewändern gehen bedeutsam lächelnd herum und verteilen Erbauungsschriften und Mineralwasserflaschen, und auf einmal läutet irgendwo, unermeßlich hoch an der wolkigen Kuppel der Halle, eine eherne Glocke, und eine überirdische, jedoch so gar nicht an Letztes Gericht und Elendes Otterngezücht erinnernde Lautsprecherstimme ruft laut Oskars Namen, und Oskar ruft: »Hier!«, und er und seine Seele, sie nehmen sich bei der Hand, und plötzlich stehen sie in einem noch größeren Saal, und auf einem sehr alten und vornehmen Stuhl sitzt ein Herr mit einem Stirnreif ums wallende Haar und einer buntbebänderten Laute über den Knien, und dieser Herr sagt:
»Es ist gut.«
Und Oskar und seine Seele, sie verbeugen sich tief, und am Ausgang geben sie die jetzt leeren Mineralwasserflaschen ab und lassen die Erbauungsschriften durch einen Wolkenspalt segeln, und auf einmal reibt man sich die zwinkernden Augen und sitzt in einer langsam in den lauen Frühlingsnachmittag hinaufsteigenden Riesenradgondel.
Viola ist da eine Spur anders geartet als Oskar. Sie atmet, als wäre der Staub- und Bratwurstgeruch hier oben nicht der gleiche wie unten, in tiefen Zügen die Luft ein; sie hat ihren Silberfuchs abgelegt, ihre zu engen Schuhe ausgezogen und die Füße auf den ihr gegenüberliegenden Gondelrand gelegt, und nun bewegt sie erleichtert seufzend die Zehen und gedenkt des zu Hause in der Röhre röstenden Kuchens.
Oskar sieht verträumt in die Ferne; seine Augen sind zwar nicht sonderlich scharf, doch es kommt ja schließlich nicht so sehr aufs Erkennen an als vielmehr aufs Sehen. Und gesehen hat Oskar trotz seiner schlechten Augen – das kann er beschwören – schon immer mehr als gewöhnliche Menschen.
Doch nun macht auch Viola eine merkwürdige Entdeckung. Ihre über den Gondelrand ragenden großen Zehen springen nämlich, wenn sie das linke Auge zukneift, nach links, und wenn sie das rechte zukneift, nach rechts, und jede der Zehen verdeckt dabei immer gut ein Zehntel des dahinterliegenden Stadtpanoramas.
Viola findet das ungemein aufregend, sie schwankt lange, ob sie es Oskar mitteilen soll. Oskars Gesichtsausdruck erscheint ihr jedoch derart entrückt, daß sie fürchtet, ihre Entdeckung könne, an der Höhe seines Gedankenfluges gemessen, eigentlich nur profanierend wirken. Also behält sie das Geheimnis ihrer stadtteilverdeckenden Wunderzehen für sich.
Langsam sinkt die Gondel jetzt wieder herab. Oskar merkt es

an der rechter Hand aufsteigenden Brandmauer vom Möbelhaus Galinger, in seinen Blick tritt der Anflug eines nicht von dieser Welt stammenden, jedoch mit Bescheidung gepaarten Bedauerns, er schließt einen Moment lang die Augen, dann öffnet er sie wieder, beugt sich hüstelnd über den Gondelrand und sagt seufzend:
»Na ja.«
Viola faßt das als Wink auf, mit dem Anziehen ihrer Schuhe und dem Umlegen des Silberfuches zu beginnen.
»Mein Gott, *ja* doch«, sagt sie; und dann, als sie ihre Wunderzehen wieder in das zu enge Schuhwerk gezwängt hat: »Jetzt aber nichts wie nach Hause und Kaffee getrunken.«
Oskar war noch immer nicht ganz auf der Erde zurück, obwohl nun wieder flimmernd und brausend der Rummel sie umgab.
»*Was* sagste?«
»Herrje«, sagte Viola; »hörste denn schwer! Ich hab gesagt, jetzt aber nichts wie nach Hause und Kaffee getrunken.«
Oskar nickte; ihm war es recht.

Havelsonntag

Aus der blumenkastengeschmückten Kombüse des Hausboots tritt gähnend der Schiffer; die Morgensonne seift seinen Rostbart mit Gold. Er erledigt plätschernd, was ihn hinaustrieb, zerrt sich erfolglos den Harmonikahosenboden übers Gesäß und schurft wieder ins schlafwarme Dunkel zur sanft sägenden Chefin zurück. Doch er muß die Tür noch einmal öffnen, einer seiner herabbaumelnden Hosenträger hat sich draußen verfangen. Ärgerlich zerrt er an dem Aufsässigen herum. Der läßt sich auf gute drei Meter verlängern, löst sich dann hämisch und schießt dem Schiffer schnalzend vors Herz.
Jetzt hat die Krähe auf der abgestorbenen Kiefer ihr Frühstück erspäht. Mit der hölzernen Gravität ihrer Rasse hüpft sie steifbeinig auf, der teerduftende Wind, mit Grüßen der Spree und der Nordsee beladen, und immer noch fähig zu tragen, er greift ihr unter die geklafterten Schwingen, und angewidert von ihrem provozierenden Schatten, den sie aufs unschuldig grüne Havelblau wirft, gleitet sie flügelschlaglos über die verräterisch aufblinkenden Fischleiber hin. Da, und jetzt reißt sie die Flügel überm Rücken zusammen, fährt steinschwer zum Flutspiegel nieder, zerbricht ihn profan, die Wasserscherben klirren schrill auf, und tief bohrt sich der schreckstarren Plötze das Paar grindiger Schicksalsfänge ins Fleisch. Kein Wasserpolizist weit und breit, der diesen Frevel bestrafte; die Bläßhühner im Schilfgürtel haben mit sich selber zu tun, und der Haubentaucher, der jetzt schnittig über die Große Steinlake zieht und mit schiefgehal-

tenem Kopf mißbilligend der Krähe nachsieht, die ihren Fang in Richtung Kaiser-Wilhelm-Turm in Sicherheit bringt, er wird sich hüten, seiner Empörung offen Ausdruck zu geben, er weiß viel zu gut, daß es wichtiger ist, mit den Gesetzesübertretern als mit den Gesetzesbewahrern in Duldung zusammenzuleben; hat er im Frühling auf seinem frei schwimmenden Nest doch oft genug schon vor den Krähen gezittert.
Der Teerwind ist längst aufs andere Ufer, nach Hohengatow rübergesprungen, wo er über den tauglänzenden Dächern mutwillig die zwirbligen Rauchsäulen zerbricht. Jetzt schmeckt die Luft hier am Großen Fenster nach Meer und nach Schlick; auch rußiges Fernweh kommt einem leicht auf die Zunge; doch blickt man nach rechts, nach Pichelswerder hinauf, wo ein winziger Schlepper vier tiefliegende Kähne zu einem unmotivierten Sonntagsausflug havelabwärts animiert hat, dann erkennt man wieder einmal, daß Fernweh doch eigentlich immer auf Kosten des Nahliegenden geht; eine Binsenwahrheit, die man sich hier, an so einem Spätsommertag, gar nicht oft genug vorhalten kann.

Langsam wird es am Strand jetzt lebendig. Zeltklappen werden beiseite geschoben, ein schepperndes Aluminiumkochtopfgeklapper zertöppert die Stille, ein Karakulpudel kommt aus einem der tropfenglitzernden Zelte gesaust und jagt eine Watschelpatrouille allzu neugieriger Wildenten auf die amüsierte Seefläche hinaus, die dem kahlköpfigen Himmel, der wieder mal sein öliges Empfangs-Chef-Lächeln probiert, immer noch geduldig ihren Spiegel hinhält; und dann knattert auch der Außenbordmotor des ›Bananendampfers‹ auf; um die Nordostspitze von Schwanenwerder kurvt er herum, bis unter die pralle Persenning mit Schrippen, Liebesknochen, Kalten Küssen, Bockwürsten, Butterfingern und taufrischen Coca-Flaschen gefüllt. Denn Zelten strengt an, und so ein Havelsonntag, der will rumgebracht sein.
Der Arbeitslose in seinem abseits liegenden, ungeselligen Einmannzelt hat sich wieder auf den geplatzten Fahrradschlauch

besonnen; gähnend, genauso wie er normalerweise um diese Zeit aus seinem Hinterhoffenster, Gesundbrunnen, Badstraße 117, auf die gegenüberliegende Brandmauer gestarrt hätte, starrt er jetzt aus seinem Zelt ungerührt über das blaue, mit weißen Segelservietten garnierte Haveltischtuch hinweg, zerrt dann den Schlauch unterm sandigen Deckenlager hervor, pumpt ihn auf und hält ihn sich andächtig-konzentriert gegen die Lippen. Siehste, schon hat man den Schaden. Befriedigt beginnt er in seiner Fahrradtasche zu wühlen und weiß: vor diesem Sonntagvormittag braucht er keine Angst mehr zu haben, wenn man die Flickarbeit lange genug ausdehnt, kriegt man unter Umständen sogar noch den Mittag mit rum.

Nun sind auch überall die Kofferradios zu hören; ein Cembalo-Konzert mischt sich brüderlich-nachsichtig mit der schmelzenden Stimme Rocco Granatas, ein Baß sagt dröhnend und dennoch ergriffen eine Ode von Weinheber auf, und am Ende des Zeltplatzes, hinter einem diskreten Weidengebüsch, ist ein älterer Herr mit zu weiten Badehosen, sommersprossigen Knien und einer blütenweißen Kapitänsmütze dabei, seiner vor ihm liegenden, beglückt glucksenden Dame zum Takt einer blechernen Grammophonpolka den Rücken mit Nivea zu cremen.

Im Grunewald oben kocht die Sonne indessen den Kieferndufte gar. Die modisch grauen, dem Sandboden angepaßten Heuschrecken tanken noch einmal die Wärme; zögernd nur entschließen sie sich, wenn der Schatten der Sonntagsausflügler sie streift, zu einem mürrisch sirrenden Sprung, bei dem ihre brandrote Unterseite aufglüht, daß man denkt, eine Hagebutte hat Flügel bekommen.

Tiefer im Wald, wo auch sonntags Schweigen auf dem Stundenplan steht, hämmert der Schwarzspecht eine Bekanntmachung fest: Den Ameisen wird aufgegeben, den Spaziergängern Ungelegenheiten zu machen. Das Pärchen, das sich vorhin im Bus kennengelernt hat und soeben Anstalten traf, sich nun auch bis zur Neige kennenzulernen, muß sich taumelnd wieder erheben; die Ameisen nehmen ihre Aufgabe ernst, sie halten auch vor der Liebe nicht an, und lachend und schimpfend richten sich die zwei wieder her, er nimmt die Aktentasche mit dem Stullenpaket, sie ihr Netz mit dem Schraubglas voll Kartoffelsalat, und Hand in Hand rennen sie jetzt durch die rostigen Stämme zur Havel hinab.

Die ist nun, bis zur Zonengrenze hinüber, dicht mit segelnden Sahneklecksen bedeckt. Vom Wannsee brandet das tausendstimmige Orgelkonzert des Strandbads herüber, Motorbootmesser zerschneiden die Flut in silbern schäumende Streifen, und hinter einem, die ganze Havel-Chaussee entlang, schnauzen die naturschwärmenden Autos ungeduldig die störenden Fußgänger an.

Nicht alles Grün gehört den Berlinern

Aber nicht alles Grün und nicht alles Wasser Berlins gehört den Berlinern. Der Neuköllner hat sich den Müggelsee nun schon seit fast zwei Jahrzehnten aus dem Sinn schlagen müssen und dort, wo man früher im Nauener Stadtforst Blaubeeren gesucht hat, wohnen auf den Hochsitzen jetzt schwerbewaffnete Volkspolizisten. Da bleibt es nicht aus, daß sich an der Havel hier jetzt die Autos auf die Schutzbleche zu treten beginnen, und die zu Fuß kommenden Nachzügler es schwer haben, am schmal bemessenen Strand noch einen Platz in der Sonne zu finden.

Im papiergirlandengeschmückten Bootsrestaurant spielt Karl Woitschachs Blasorchester donnernd das Glühwürmchenidyll. Die Musiktruhe dröhnt; doch das Kaffeetassengeklapper ist ebenso laut, man kann unbesorgt mitsingen beim Essen, niemand wird es bemerken, nicht einmal die, die es selber schon tun. Denn Paul Lincke macht fröhlich; und das ansichtspostkartenknallige Panorama der jetzt tiefblauen, segelgeschmückten Havel dazu, mit der langsam sinkenden Sonne, die die Kiefern am Westrand in lodernde Fackeln verwandelt, daß sie fast genauso heroisch-verkitscht wirken, wie auf den Bildern Leistikows oft: da *muß* man ja einfach den eingerosteten Bariton aus dem Brustkasten kramen.

Draußen plätschern die Wellen ans schlickduftende Holz, und um einen sich auflösenden Brotkanten herum ist eine Schar diesjähriger Weißfischjugend versammelt und deckt sich schnappend, quirlend und drängelnd mit Abendbrotzutaten ein.

Im Anglerverein ›Klare Lanke‹ klappen nun schon die ersten Gerätkisten zu; die Männer vertauschen die Zeitungspapierhelme mit ihren Hüten, ihre Frauen ziehen die runtergerollten Nylons wieder über das Bein, wenden sich ab, verankern sie schicklich, und dann wird die Thermosflasche noch ausgespült unter der Leitung, die Angelstöcke kommen ins Futteral, das Futteral in die Kiste, Deckel zu, Schlüssel rum, und nun zieht man Richtung Nikolaissee wohlig erschöpft durch den Wald und freut sich auf die Abendvorstellung im Stammkino, wo man sich bei Wochenschauparaden und Verbrecherjagden von den Strapazen dieses Sonntagsausflugs zu erholen gedenkt.

Nun ist es dem Waldkauz dunkel genug; er schüttelt sich lautlos, eine Flaumfeder löst sich aus seinem Gefieder und segelt wippend durch den unkrautüberwucherten Treppenschacht ins eingestürzte Kellergewölbe. Hinten, in der Jugendherberge, ächzt eine Harmonika auf. Der Waldkauz dreht den runden Kopf auf den Rücken und lauscht einen Augenblick rüber; dann aber trifft der Atem der Nacht sein Antennengehör und leise, als flöge er auf Zehen, gleitet seine Traumsilhouette über den Mond und über die verwilderten Gärten von Schwanenwerder dahin.
Die windstille Bucht der klaren Lanke ist mit schlafenden Segelbooten gefüllt. Die kahlen Maste ragen schaukelnd in den Nachthimmel auf, und was man für Positionslichter hielt, sind in Wirklichkeit Sterne gewesen. Die Möwen auf den Rändern der Boote haben den Kopf unter die Flügel geschoben, sie träumen von Meeresrauschen, Seehundsgebell und Barschkarbonade und nur, wie in einem der sanft erleuchteten Zelte am Strand mal eine Frauenstimme aufkreischt, zucken ein paar der träumenden Schneebälle zusammen, wechseln das Standbein und sinken aufatmend wieder zusammen.

Längst hat der Arbeitslose seinen Fahrradschlauch wieder geflickt: Das Vehikel ist heil, es lehnt im Zelt an einer der Stangen, der Mondschein bricht sich in den verchromten Pedalen, und durch das Strahlengestirn der Vorderradspeichen hindurch kann der Mann havelaufwärts die erleuchtete Heerstraßenbrücke und dahinter die lichtflimmernden Türme von Spandau erkennen.

Man muß auch mal Ferien machen

Sie spuckten ins Wasser, kauten an Grashalmen und sahen mit zusammengekniffenen Augen über den Rücken des Anglers weg unverwandt auf die Pose. Die war rot und trieb in dem grünlichen Wasser dicht an der Kaimauer entlang.
Schlepper tuteten; in der Mitte des Flusses war am Rand einer Sandbank ein Floß vor Anker gegangen. Ein Bagger stand darauf und kippte sein Eimerband in einen rostigen Eisenprahm. Die Uferpromenade war noch vom Krieg her zerstört, aber man ging nun daran, sie in Ordnung zu bringen. Es waren bereits Schächte für die neue Abwässerleitung gegraben, und eine asthmatische Betonmischmaschine war auch irgendwo zu hören.
Das Wichtigste waren jedoch die Rohre. Sie hatten eine Länge von drei Metern und einen Durchmesser von einem Meter. Sie lagen hier überall umher, und polsterte man sie mit Gras oder Zeitungen aus und hing vor die Öffnung einen Zementsack, ließ es sich wunderbar darin schlafen. Und eben das hatten Atze, Bizeps und Zahnlücke in den letzten Nächten denn auch ausgiebig getan.
Heute allerdings sollten die Rohre verlegt werden; da war nichts anderes übriggeblieben, als früher aufzustehen. Und so saßen sie also am Kai, ließen die Beine baumeln, kauten Grashalme und sahen dem Angler zu.
Der hieb jetzt die Rute an, und eine etwa handgroße Rotfeder zappelte am Haken.
»Na ja«, seufzte Atze. »Wie lange sitzen wir jetzt hier –?«
»Drei Stunden vielleicht«, sagte Bizeps.
»Siehste«, sagte Atze; »hat sich's doch noch gelohnt.« Er ließ sich hintenüber aufs warme Pflaster fallen und kreuzte ein Bein über das andre. »'n Vorschlag: Zwei machen sich lang, und der dritte sagt Bescheid, wenn was beißt.«
»O. K.« Zahnlücke nickte bereitwillig und ließ sich ebenfalls umkippen.
»Bizeps macht 'n Anfang mit Aufpassen. Bizeps, haste gehört?«
»Dußlig geworden.« Bizeps legte sich auf den Rücken und räkelte sich. »Als ob der uns nich auch selber Bescheid sagen könnt.«
»Tadellos«, sagte Atze; »wenn wir unsern Boß nich hätten. –

He!« schrie er in Richtung des Anglers, »sag Bescheid, wenn de was dran hast!«
Der Angler rührte sich nicht.
»'n Filosof«, sagte Zahnlücke schläfrig; »sind die immer.«
Die Sonne stieg höher. Straßenbahnläuten, das Rumpeln der Betonmischmaschine und das Rasseln des Baggers lagen in der Luft. Den Fluß enlang krochen die schwarzen Rauchfahnen der Schlepper, und hin und wieder glitt ein weißer Vergnügungsdampfer vorbei, und Musik und Gesang wehten herüber.
Ein Milan kreiste bewegungslos über ihnen.
Blinzelnd sah Zahnlücke durch seine ewig beschlagenen Brillengläser zu ihm auf. »'n Adler, Bizeps; kucke.«
Bizeps schob sich den Grashalm in den anderen Mundwinkel und seufzte. Er zwinkerte nicht mal.
»Selber Adler.«
»Kein' Sinn für Natur«, sagte Zahnlücke. »Atze: Hängt da 'n Adler oder nich.«
»Da hängt einer«, sagte Atze, ohne die Augen zu öffnen.
»Tatsache –?« Bizeps hob etwas den Kopf, um besser unter seiner Hutkrempe hervorsehen zu können. »Wo.«
»Keine Ahnung«, sagte Atze.
»Da, Mensch!« Zahnlücke reckte die Fußspitze hoch zum Zenit.
»'n Adler –!« sagte Bizeps verächtlich. »'ne Krähe is das, allenfalls noch 'n Habicht.«
»Egal«, sagte Atze. »Das Ding fliegt jedenfalls, und wir sitzen hier fest.«
»So sieht's aus.« Bizeps gähnte. »Eins rauf mit Mappe, der Dicke.«
»Fliegen –«, sagte Arzte verträumt. »Zahnlücke, kannste das: Fliegen?«
»Und wie, Mann: wie ne Giraffe.«
»Was is'n mit dem Filosof«, fragte Bizeps; »der unterschlägt se uns wohl alle.«
»He!« rief Atze, »ob de wieder einen gekriegt hast!«
Der Angler antwortete nicht.
»Siehste«, sagte Zahnlücke: »beleidigt.«
Der Milan war abgekippt. Er schwebte jetzt auf der anderen Flußseite über der qualmenden Konservenfabrik. Ein Raddampfer mit sechs tiefliegenden Kohlenkähnen im Schlepp schaufelte sich ächzend den Fluß hoch.
Atze war ein Rußstäubchen ins Auge geraten, die Faust gegen die Nasenwurzel gepreßt, richtete er sich auf. »Kinder –« sagte er; »wißt ihr, *was*: Der hat uns angeschmiert, der ist weg.«
»Bloß, weil ihr dauernd mosern müßt.« Bizeps spuckte seinen Grashalm aus und sah blinzelnd den Kai entlang. »Leute –!« keuchte er plötzlich; »Mensch, Leute –!«
Zahnlücke schob sich den zerrissenen Mützenschirm aus dem

»Na?« fragte Zahnlücke mißtrauisch

Gesicht. »Na?« fragte er mißtrauisch.
Bizeps nickte versonnen zu einer bewimpelten Barkasse hin, die gerade an einem der Laufstege anlegte.
»Wasserpolente. 'n schicken Kahn haben die, findet ihr nich?«
Sie beobachteten nachdenklich die vier Polizisten, die über den Laufsteg kamen.
»Forsche Jungs«, nickte Atze; »kannste nich anders sagen. Kinder«, sagte er plötzlich: »Menschenskinder —!«
»Na?« machte Bizeps; »endlich kapiert?«
Zahnlückes Mißtrauenskerbe zwischen den Brauen vertiefte sich noch. »Vielleicht könnt ihr 'm harmlosen Menschen mal eben erklärn —«
»Ruhig mal«, unterbrach ihn Atze.
Sie lauschten.
»Ich hab euch was gefragt«, sagte Zahnlücke.
»Der spurt nich«, seufzte Atze. »Mensch, Junge: ne Bootsfahrt!«
»Was denn: mit *dem* Ding?« Zahnlücke sah Atze von der Seite her an. »Du, dann schon lieber fliegen.«
»Fliegste ja auch, wenn de da drin sitzt.«
»Ja: raus.«
Bizeps schob die Unterlippe vor: »Und *du* willst 'n gelernter Mechaniker sein?«
»Nu sagt bloß noch, ich soll 'n Steuermann machen!«
»Na, wer 'n sonst«, sagte Atze.

Zahnlückes Brillengläser beschlugen um einige Hauchgrade mehr.
»Oder —« fragte Bizeps gedehnt, »kennste dich mit so ner Nuckelpinne nich aus?«
»'türlich kenn ich mich aus.«
»Geritzt«, sagte Atze; »denn los.«
Sie standen auf und schlenderten hin.
Die Polizisten hatten jetzt die Uferpromenade erreicht. Einer hielt einen blauen Aktendeckel unter dem Arm; in dem Aktendeckel spiegelte sich funkelnd die Sonne. Sie übersprangen den Graben und gingen zu den Arbeitern hin, die die Mischmaschine bedienten.
»Haste Töne!« Zahnlücke spuckte aus und fuhr sich über den Mund; »die kontrollieren sie, die Brüder!«
»*Auch* 'n Los«, seufzte Atze: »noch nich mal in Ruhe arbeiten können!« »Na, was is?« fragte Bizeps Zahnlücke, der den Bug der Barkasse mit dem Fuß prüfend ins Wasser drückte.
»Hübsche Schaluppe. Bloß der Polizeiwimpel stört.«
»Siehste«, sagte Atze; »der versteht *immer* noch Bahnhof. Mann, nu überleg doch mal bloß: *Wir* und 'n Polizeiwimpel!« Er strich sich liebkosend das silberstopplige Kinn: »Na —?«
Über Zahnlückes Ledergesicht glitt der gewitternde Abglanz eines Lächelns dahin. »Nu ja —« sagte er zögernd; »kann man natürlich auch von *der* Seite sehn.«
»He, hallo!« rief Bizeps nicht allzu laut und warf einen Stein an die Kabinentür. »Na bitte«, sagte er dann: »Alles leer.« Er fing an zu pfeifen.
»Tja, also denn«, sagte Zahnlücke und fuhr sich erfolglos mit dem Daumen hinter die beschlagenen Brillengläser.
»Langsam«, sagte Atze. »Kuck dir lieber erst an, ob de auch richtig mit fertig wirst. Keine Lust, an 'n Brückenpfeiler zu knalln.«
»Hör mal«, sagte Zahnlücke; »wenn de mich hier beleidigen willst —«
Bizeps sprang in das Boot und täute es los. »Hopp! Rein mit euch.«
Es ging alles sehr schnell. Zahnlücke warf den Motor an. Atze stieß sie mit dem Bootshaken ab, und in einer weit ausholenden Rechtskurve sausten sie los.
Der Wimpel knatterte, Gischt schäumte ihnen in die Gesichter, der Himmel war blau, der Fluß grün, und der Kiel zerschnitt das Wasser wie ein gut geschärftes Messer den Sonntagsbraten. Sie hielten auf die Flußmitte zu; die Stadt blieb zurück, und auf der anderen Seite fingen Wiesen und Viehweiden an.
Bizeps hatte schon alles auf dem Boot zu seiner Zufriedenheit kontrolliert. Nur mit einer niedrigen, fest verschlossenen Kabine war er noch nicht ins reine gekommen. Er trat dagegen;

aber die Tür gab nicht nach. Suchend sah er sich nach etwas Brechstangenähnlichem um.
Plötzlich hatte er das Gefühl, hinter ihm bewege sich was; er fuhr herum, und da stand die Kabinentür auf, und eine Faust, die einen Revolver hielt, sah hervor.
Bizeps hob für alle Fälle erst mal die Hände. Dann blinzelte er unauffällig zu Atze und Zahnlücke hin. Aber die dachten gar nicht daran, sich umzusehen.
Jetzt kam neben der Pistolenfaust noch eine zweite Hand zum Vorschein. Sie hatte den Zeigefinger gekrümmt, und der winkte Bizeps heran.
Bizeps ließ sich, immer noch mit erhobenen Armen, auf die Knie nieder und starrte hypnotisiert die Revolvermündung an.
Gerade da sah Atze sich um. »Na, hör mal«, überschrie er den Motorenlärm, »wen betest *du* 'n da an?!«
Doch auf einmal war Bizeps verschwunden, und als Atze mißtrauisch den Kopf um die Kabinenecke herumschob, sah er sich einer unfreundlichen Revolvermündung gegenüber, vor der ihm nichts weiter übrigblieb, als die Hände zu heben und der Aufforderung des Wasserpolizisten zu folgen, der die Kabinentür aufriegelte und einladend hineinnickte. Drinnen war es dunkel. Als Atze herumtastete, bekam er ein Bein zu fassen, und da es nicht ihm gehörte, schrie er auf.
Es war aber nur das Bein von Bizeps gewesen.
»Schön dumm«, sagte der aus dem Dunkel, »dich so einfach von ihm schnappen zu lassen.«
»Dito«, sagte Atze verbittert. »Und jetzt —?«
Bizeps steckte sich eine Zigarette an, sein Schatten tanzte wie ein buckliges Waldgebirge über die Kabinenwand hin.
Atze blähte die Nüstern. »Wo hast 'n die her?«
»Aus der Kombüse. Da —: steck dir auch eine an; kriegste ne ruhigere Hand von.«
Sie rauchten schweigend. Plötzlich hörte das Motorgeräusch auf.
»Aus«, sagte Atze heiser. »Jetzt hat er Zahnlücke fertiggemacht.«
»Immer langsam.« Bizeps stemmte ächzend sein Kreuz gegen die Kabinentür, aber sie gab nicht nach.
Da lief draußen der Motor neu an, und sie nahmen auch wieder Fahrt auf.
»Wetten«, stöhnte Atze, »daß wir im Eimer sind jetzt —?«
»Abwarten«, sagte Bizeps. Er rauchte bedächtig.
Nach einer Weile blieb das Motorgeräusch abermals weg.
»So«, sagte Atze. »Antreten zum Sargempfang.«
Er lachte gekünstelt.
Draußen fingerte jemand an der Kabinentür herum, sie ging auf, und sie sahen die Schlauchhosenbeine Zahnlückes gegen den Himmel.

»Kommt raus, ihr Kaninchen«, sagte er freundlich und versuchte vergeblich, seine beschlagenen Brillengläser blankzuwischen.
Vorsichtig krochen sie ans Licht.
»Hut ab«, sagte Atze anerkennend.
»Nich schlecht«, nickte auch Bizeps.
Sie betasteten fachmännisch die Knoten des gefesselten Wasserpolizisten, der steif wie ein Laib Brot an der Kabinenwand lehnte. Dann sahen sie sich um.
Zahnlücke hatte das Boot an einem kleinen Holzsteg vertäut. Der Holzsteg gehörte zu einer Insel. Die Insel lag mitten im Fluß. Sie war mit Pappeln und Weiden bestanden und mit einem wunderbar saftigen Rasen bedeckt.
»Wißt ihr *was*«, sagte Atze; »hier gehn wir in uns und gründen 'n Kloster oder so was.«
»Hab ich ne beßre Idee.« Zahnlücke legte den narbigen Zeigefinger an die Nase. »Wir spielen Robinson Krause.«
»Kruse hieß der«, verbesserte der Wasserpolizist gereizt. »'n Bildung habt ihr —!«
»Egal, wie der hieß«, sagte Zahnlücke. »Jedenfalls darfste jetzt hier an Land und Heuschrecken essen und dich an Honig laben wie Jonas im Walfischbauch.«
»Wieder 'n Schnitzer«, sagte der Wasserpolizist; »der mit den Heuschrecken, das —«
»Laß nur«, sagte Zahnlücke. Er fing an, ihm die Fesseln zu lösen.
»Stopp«, sagte Bizeps; »und die Kanone?«
»Hör mal«, sagte Zahnlücke, »für wen hälste mich denn. Die is längst bei den Fischen.« Herzlich klopfte er dem Polizisten die Wange. »Unser böses, böses Pistolchen, tz, tz, tz, tz.« Er schüttelte den Kopf und half dem zähneknirschenden Wasserpolizisten, aus den Fesseln zu steigen.
»Na —?« fragte Bizeps; »hübsches Gefühl, wieder 'n freier Mensch sein zu dürfen, hab ich nich recht?«
Der Polizist reckte sich und spuckte ihnen vor die Füße. »Breckskerle.«
Atze lächelte schwach. »Erhol dich schön, haste gehört. Wirste brauchen können, bevor der Anranzer kommt.«
»Los«, sagte Bizeps; »rüber mit dir. Wolln uns noch 'n Badestrand suchen. Denkste, wir haben unsre Freiheit geklaut? Die is verdient.«
Der Polizist balancierte hölzern über den Laufsteg. »Kostet euch aber ne Kleinigkeit, Leute.«
»Die Rechnung schickste am besten per Nachnahme«, sagte Atze.
»Schluß nu.« Bizeps sah blinzelnd zur Sonne. »Möchten schließlich noch was haben vom Tag.«
Zahnlücke warf wieder den Motor an. »Ab?« schrie er.

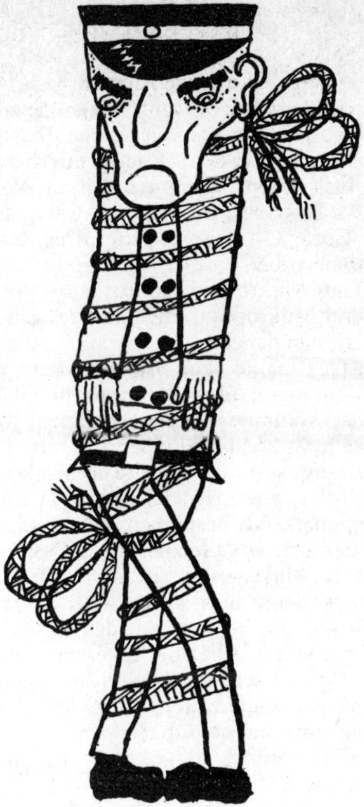

Wie ein Laib Brot

»Ab!« schrie Bizeps zurück.
Sie winkten noch mal zu dem Wasserpolizisten hinüber, der abwesend an einer Schwertlilie roch, dann preschten sie etwa noch eine Viertelstunde stromauf, und Zahnlücke fuhr das Ufer entlang, und als sie einen geeigneten Badestrand sahen, zogen sie sich aus, nahmen ihre Kleiderbündel auf den Kopf und schwammen an Land.
Das Boot ließen sie treiben. Es drehte sich erst ein paarmal schwerfällig, dann kam es in die Hauptströmung, und plötzlich schoß es los wie ein Stück Holz, und als Zahnlücke, der als erster das Ufer erreichte, sich umsah, da war es nur noch ein winziger Punkt auf dem Wasser.

Ohne Einsatz kein Spiel

So mit der unangenehmste Besuch, den sich die Mukrowskijs seit dieser Sache mit Eppers Spielwarenmagazin nur denken konnten, war der von Kriminalkommissar Löffler gewesen; und ausgerechnet der saß jetzt, mit diesem bebrillten Menschen von Assistenten zusammen, in ihrer Wohnküche herum.
»'n Schnaps«, fragte Mukrowskij, der Ältere.
»Gott ja –, warum nich.« Der Kommissar sah gelangweilt an ihm vorbei.
Frau Mukrowskij schlurfte zur Anrichte und holte die Gläser, und Mukrowskij, der Jüngere, goß ein; seine Hand zitterte ein bißchen dabei.
»Tja«, sagte sein Bruder; »denn prost, was?« Er blickte den Kommissar über das erhobene Glas weg mißtrauisch an; aber der Kommissar achtete nicht auf ihn, er blinzelte wohlwollend zum Großvater hinüber, der mit Heini am Herd saß und angestrengt so tat, als spielte er mit den Kaninchen.
»Alles, was recht is, Chef.« Der Kriminalassistent leckte sich schmatzend die Lippen. »Toll, schick gemacht haben die sich's hier, seit wir's letzte Mal zu Besuch warn.«
Frau Mukrowskij räusperte sich. »Nu ja«, sagte sie; »was hat man denn auch schon außer seinen vier Wänden, stimmt's?« Sie schob die Vase mit den Papierblumen auf den Fleck in der Wachstuchdecke und fingerte an ihrem Haarknoten herum.
»Wieviel seid ihr eigentlich«, fragte der Kommissar.
»Vier«, sagte Mukrowskij, der Ältere, schnell.
»Nanu; und der Opa?«
»Der rechnet nich«, sagte Mukrowskij, der Jüngere. »Noch einen?«
»Immer gieß zu.«
»Schließlich, er nimmt ja auch kaum Platz weg«, sagte Frau Mukrowskij; »so 'n alter schwachsinniger Mann. 'n ganzen Tag hockt er da bei den Karnickeln.«
»Und nachts?« fragte der Kriminalassistent.
»Was –?« fragte Mukrowskij, der Ältere.
»*Is* er eigentlich so betütert oder *tut* er bloß so«, fragte der Kommissar.
»Also, nee, wirklich, Chef –« Mukrowskij, der Ältere, zog mit eingefallenen Backen an seiner Zigarette; »er taugt schon seit Jahren nischt mehr.«
»Wie geht's Opa?« fragte der Kriminalassistent sehr laut.
»Mhmhmhmhmhmhmhmh«, machte der Großvater und sah, als geniere er sich, auf seine Zebrasocken hernieder. Darauf bückte er sich und gab, einfältig lächelnd, der Zippe Rosenohr ein Stück Zeitungspapier zu fressen.

»Großvater geht's gut«, sagte Heini, der neben ihm saß, wütend.
»Was quatscht 'n eigentlich die Rotznase dazwischen, hm?« Mukrowskij, der Ältere, zog mißbilligend die Brauen zusammen.
»Hör mal, Häschen«, sagte Frau Mukrowskij zu Heini, »hier mußte hübsch deinen Rand halten, wenn de nich gefragt wirst, haste gehört?«
»Was ich nie kapiern werd«, sagte der Kommissar und hielt anzüglich das leere Schnapsglas gegen das Licht und kniff ein Auge zu und starrte blinzelnd durch das Glas und zur Decke: »warum gerade *ihr* den Bengel habt adoptiern müssen.«
»Also, nu wern Se mal nich ulkig, Chef«, sagte Mukrowskij, der Ältere. »Ihr und euer Sozialamt, ich mein, ihr solltet uns da doch wohl zu allererst dankbar sein, oder —?«
»Richtig«, sagte Mukrowskij, der Jüngere, so bedächtig er konnte und goß dem Kommissar noch einen Schnaps ein. »Außerdem — er wär euch ja doch wieder durch die Lappen gegangen. Die Tante von der Jugendfürsorge, die is uns ja bald um den Hals gefalln, als wir 'n holten.«
»Na, und wie er sich erst gefreut hat, als wir 'n haben wollten«, sagte Mukrowskij, der Ältere, finster; »gar nich fassen hat er sich können.«
»Und warum?« Frau Mukrowskij versuchte, den Kommissar einen Moment lang anzusehen, aber es mißlang. »Weil er bei euch keine Liebe nich hat.«
Mukrowskij, der Jüngere, nickte übertrieben bedächtig. »Genauso sieht's aus.«
»Na, denn sag mal, Heini: Wie geht's?« Der Kommissar stand auf, nahm das Küchenhandtuch vom Haken und wischte Heini die Nase.
»Wirste mal den Jungen zufrieden lassen!« kreischte der Großvater und hob drohend einen seiner Filzlatschen auf.
»Schimpf nich, Opa.« Der Kommissar nahm ihm den Latschen ab und zog ihn ihm ächzend wieder über den Fuß. »Soviel steht fest«, sagte er dann und setzte sich wieder: »allein dürft ihr 'n in *dem* Zustand aber nu nich mehr rumtapern lassen.«
»Großvater is schlauer wie ihr alle zusammen«, sagte Heini gekränkt.
»Das heißt ›als‹«, sagte Mukrowskij, der Ältere.
»Deswegen stimmt's *doch*«, sagte Heini.
»Heini, mein Kind«, sagte Frau Mukrowskij, »ich hab's dir schon -zigmal gesagt: man hält die Klappe, wenn die Erwachsenen reden.«
»Prost, Chef«, sagte Mukrowskij, der Jüngere, und goß dem Kommissar wieder das Glas voll. »Weg mit; so jung kommen wir nich mehr zusammen.«

Der Kommissar trank aus und betrachtete seufzend die Decke. »Besonders, wenn ich an euern Opa denk.«
»Was Sie wolln«, sagte Mukrowskij, der Ältere, mürrisch. »Der Bengel, der paßt ja schon dauernd auf'n Großvater auf; dafür ham wir'n doch adoptiert, euern Bankert.«
»Siehste, siehste.« Der Kriminalassistent wischte sich fröhlich die Brillengläser blank. »Jetzt kommen wir der Sache schon näher.«
»Trotzdem –«, sagte der Kommissar; »Heini allein, das is 'n bißchen zu wenig für Opas Begleitung. Nu denkt doch bloß mal, was so alles passiern kann. Zum Beispiel – nachts.«
»Wann?« fragte Mukrowskij, der Jüngere, blinzelnd.
»Nachts«, sagte der Kriminalassistent freundlich.
»Nachts«, sagte Frau Mukrowskij, »da schläft der Opa hier auf der Holzbank.«
»Immer?« fragte der Kommissar. »Ich mein: könnt ihr 'n denn

sehn?« Frau Mukrowskij nickte so heftig, daß sich eine ihrer Haarnadeln löste. »Wir lassen extra die Schlafzimmertür auf. Und ich kuck auch oft noch mal rein. Opa, nich?«
»Mhmhmhmhmhmhmh«, machte der Großvater. Er lächelte einfältig und kraulte verschämt der Zippe Rosenohr im Genick.
»Na, und denn«, sagte Mukrowskij, der Jüngere, »is er ja auch viel zu taprig, um abzuhaun. Orje, hab ich recht.«
»Logisch«, sagte der Bruder.
»Und wieso«, fragte der Kommissar, »hat ihn da neulich, drei Uhr fuffzehn, der Wächter von Karlmann gesehn?«
»Wen.« Mukrowskij, der Ältere, ballte die Faust in der Tasche. »Hier, unsern Opa?«
Der Kriminalassistent nickte herzlich.
»Er trug 'n Sack«, sagte der Kommissar, »und soll ganz schön forsch abgewalzt sein, unser Tapergreis. Dumm bloß, daß der Nachtwächter die Bescherung bei Karlmann, Lebensmittel en gros, erst 'ne Minute später entdeckte.«
»Der Einbruch bei Karlmann«, sagte Frau Mukrowskij mit der Stimme einer Grammophonplatte, die einen Sprung hat, »der war in der Nacht vom vierten zum fünften, stand in der Zeitung. Da ham wir die ganze Nacht Siebzehnundvier gespielt. Wenn ihr Opas Alibi wollt –?«
»Arschklar, daß wir das lückenlos kriegen.« Der Kommissar drehte sein Glas zwischen Zeigefinger und Daumen und versuchte, in dem schaukelnden Schnapsrest sein Spiegelbild zu erkennen.
»Los, gieß ihm man noch einen zu, Hanne«, sagte Mukrowskij, der Ältere. »Wie is 'n das«, fragte er dann; »ich denk, der das Ding bei Karlmann gedreht hat, den habt ihr schon längst.«
»'ne Finte.« Der Assistent wischte sich zwinkernd die Brillengläser blank. »Arbeitet sich besser, wenn de den Leuten so was erzählst.« »Na, und dann«, sagte der Kommissar und schloß die Augen und sog mit einem tiefen Atemzug den Schnapsduft ein, »waren das zweie bei Karlmann, nich einer.« Er kippte mit einer knappen Handgelenkdrehung den Schnaps in die Kehle. »Schön«, sagte er schmatzend, »einer, da is gar nischt gegen zu sagen, der hat ordentlich, wie sich das gehört, mit Handschuhen gearbeitet –.«
»Und der andre –?« Mukrowskij, der Ältere, drückte an der Herdkante seine Zigarette aus; er mußte sehr fest auf sie drükken, der Nagel wurde ganz weiß.
»Der andre –?« Der Kommissar seufzte. »Der andre war 'n Kind.«
»Nanu«, sagte Frau Mukrowskij und räusperte sich.
»Nich«, sagte der Assistent; »komisch?«
»Wie wollt ihr 'n das wissen«, fragte Mukrowskij, der Jüngere, heiser, »habt ihr Abdrücke?«

Es war ihnen unangenehm

»'n Witz«, sagte der Kommissar. »Wißt ihr, woher?«
»Na –?«
»Vom Bonbonbehälter.«
»Ähnlich wie neulich die Sache mit Eppers«, sagte der Assistent und goß sich mit ruhiger Hand noch einen Schnaps ein.
»Eppers – Eppers –« Mukrowskij, der Jüngere, legte nichtssagend die Stirn in Falten.
»Dies Spielwarenmagazin«, sagte der Assistent zuvorkommend.
»Ach das. Na, da habt ihr doch sicher auch noch keinen Anhaltspunkt, oder –?«
»Bis auf die fehlenden Kasperleköppe«, sagte der Kommissar.
»*Was* hat gefehlt?« Mukrowskij, der Ältere, beugte sich schwerhörig über die Wachstuchdecke.
»Kasperleköppe«, sagte die Assistent freundlich.
»Also wirklich, Heini«, sagte Frau Mukrowskij gereizt, »wenn de weiter nischt zu tun hast, als bloß an der Karnickelbucht rumzufummeln, denn kannste auch ebensogut runtergehn, Holz hacken. Oder solln wir verfriern.«

»Nich doch«, sagte der Assistent und goß sich noch einen ein; »der Schnaps hier, der wärmt doch tadellos.«
»Wie is 'n das«, fragte der Kommissar Heini, »spielste eigentlich gern mit Kasperles und so 'm Kram?«
»Mhmhmhmhmhmhmhmhmh«, machte der Großvater, der immer noch die Zippe Rosenohr auf dem Schoß hatte und stieß Heini wie durch Zufall mit dem Ellenbogen an.
»Mit Kasperles?« Heini verzog geringschätzig den Mund; »bin doch nich kindisch.«
»Nochmal«, sagte Mukrowskij, der Ältere, als erwachte er aus einem Traum; »*was* hat gefehlt: Kasperleköppe —?«
Der Kommissar nickte. »Der Wächter war mit 'm Schlagring zusammengewichst, die Kasse geknackt und zwei Kasperleköppe fehlten.«
»'n Zufall«, sagte Mukrowskij, der Jüngere, schluckend. »Schließlich, wer klaut 'n schon Kasperleköppe.«
»Ja, *wer* wohl«, seufzte der Kommissar. Er trank sein Glas leer und trat an die Karnickelbucht. »Also, denn nischt für ungut, ihr beiden.« Er fuhr Heini über den Kopf, nickte dem Großvater zu und ging zur Tür.
Der Kriminalassistent goß sich schnell noch einen ein. »Prost, Leute«, sagte er aufgekratzt.
Frau Mukrowskij begleitete die beiden über den Flur. »Nett, daß ihr da ward. Laßt euch doch mal wieder sehn.«
Der Kommissar tippte an seinen Hut.
»Gemacht, Frau«, sagte der Assistent.
Dann krachte die Wohnungstür zu.
»Unser Opa —!« Der Kommissar wiegte verträumt den Kopf hin und her. »Sozusagen ferngesteuert, die beiden.«
»Und wie«, fragte der Assistent und wischte sich zwinkernd die Brillengläser blank, »und wie überführn wir sie jetzt?«
»Ruhig mal —!« sagte der Kommissar.
Aus Mukrowskijs Wohnung drangen Lärm und Geschrei.
Der Lärm war so laut, daß der Kommissar sich mit seinem Dietrich gar nicht mal sonderlich vorzusehen brauchte.
Die Tür knarrte ein bißchen. Sie schlossen sie behutsam von innen und schlichen den Korridor entlang. Der Assistent kroch in den Kleiderschrank, der Kommissar trat hinter den Besenvorhang.
In der Wohnküche ging es hoch her. Heini heulte, der Großvater tobte, die beiden Mukrowskijs schrien und Frau Mukrowskij versuchte, allerdings ebenfalls schreiend, zu vermitteln.
»Hättste mal besser aufgepaßt!« schrie Mukrowskij, der Ältere.
»Hättste, hättste!« schrie der Großvater zurück; »konnt ich wissen, daß er Bonbons klaut?!«
»Wo ich doch nie was Süßes krieg!« heulte Heini.
»Da haste was Süßes!« schrie Mukrowskij, der Jüngere.

Man hörte es klatschen; Heinis Geheul verdoppelte sich.
»Wirste den Jungen loslassen!« brüllte der Großvater.
Etwas krachte gegen die Tür. Der Kommissar tippte, daß es einer von Großvaters Filzlatschen war.
»Warte, Alter!« schrie Mukrowskij, der Jüngere, der sich gebückt haben mußte.
Es rumpelte drin, ein paar Stühle kippten um.
»Auauauauauauauau!« schrie der Großvater.
»Die Karnickel!« schrie Heini.
»Diebsgesindel!« schrie Frau Mukrowskij dazwischen; »Klauigel! Bonbonfresser!«
»Laiengesocks! Stümperpack! Anfänger!« grölte Mukrowskij, der Ältere, mit sich überschlagender Stimme. »Bonbons und Kasperleköppe könnt ihr krampfen, aber wenn's mal —.« Sein Grölen verlor sich in einem röchelnden Gurgeln.
Der Kommissar seufzte. Er schob sich den Hut aus der Stirn und zog ein paar Handschellen aus der Tasche. »Na, denn«, sagte er schlechtgelaunt und kam hinter seiner Gardine hervor.
Der Assistent wischte sich zwinkernd die Brillengläser blank und schloß sorgfältig den Schrank hinter sich.
Als sie die Küchentür öffneten, kam mit angelegten Ohren die Zippe Rosenohr rausgefegt.

Die Weihnachtsmannaffäre

Wir wohnten damals in der Gegend um den Alexanderplatz herum. Es war eine dumme Zeit: Arbeitslosigkeit, Matsch-Schnee, keine Kohlen, und in einer Woche war Weihnachten. Obendrein hatte uns auch noch Frieda verlassen; das war das Schlimmste von allem. Denn keine von Vaters Freundinnen war so lange bei uns geblieben wie sie. Außerdem hatte sie immer die Miete bezahlt; und jetzt saßen wir da und konnten sehn, wo wir blieben.
Frieda hatte über dem Tageskino, wo sie als Platzanweiserin arbeitete, ein möbliertes Zimmer gefunden, das, wie sie vorgab, größer als unseres sei, und nur deshalb habe sie es genommen. Aber Vaters Freunde berichteten, Friedas möbliertes Zimmer sei ein mit unbrauchbaren Möbeln vollgestopfter Abstellraum, weiter nichts, und Besucher könnten überhaupt nur auf dem Flur abgefertigt werden, so eng sei es drin. Also hatte es wohl doch mehr daran gelegen, daß Frieda eben einfach mal wieder für sich zu sein wünschte.
Vater verstand das sehr gut, wir hatten ihn ja selber oft, diesen Hang. Nur seine Freunde verstanden ihn da nicht so recht. Sie sagten, Vaters Verbindung mit Frieda sei das einzige gewesen, was sie in diesen miesen Zeiten noch aufrecht gehalten habe, und

sie setzten alles daran, die beiden wieder zusammenzubringen. Nämlich jetzt war es aus mit Freikarten, und immerhin war das ›Universum‹ von früh bis abends geheizt.
Vaters nettester Freund ist Otto gewesen. Otto hatte früher einen Leierkastenverleih. Doch dann fand die Polizei mal allerhand merkwürdiges Werkzeug in den Leierkästen, die Otto verlieh: Metallbohrer, Dietriche, Stemmeisen, Meißel, Knete zum Scheibeneindrücken und solchen Kram, und da lud man ihn ein, ins Gefängnis zu kommen und sich auf redlich umschulen zu lassen. Dieser Umschulungskurs war Ottos Ruin; denn das Redlichsein fing an, ihm Freude zu machen, und da er es auch nach seiner Entlassung noch weiter betrieb, dauerte es nicht lange, und Otto ging es genauso schlecht wie uns allen.
Er war der einzige unter Vaters Freunden, der geheiratet hatte. Seine Frau war genau siebenundzwanzig Jahre jünger als er. Sie hieß Else, und sie hatte weder an Ottos Straußeneiglatze noch an seinen sanft nach außen schielenden Augen Anstoß genommen, denn sie hatten aus Liebe geheiratet. Der beste Beweis hierfür war, daß Else in Kürze ein Baby erwartete, das sie auch dann Otto nennen wollte, wenn alles dafür spräche, man habe es mit einem Mädchen zu tun.
Vaters übrige Freunde kamen aus recht gegensätzlichen Berufen. Leo zum Beispiel ist Kanalisationsinspizient und Ewald Aushilfsschornsteinfeger gewesen. Doch eins einte sie alle: der Wunsch, sich – wenn schon nicht dieses Leben, dann doch wenigstens – dieses Weihnachten so erträglich wie möglich zu gestalten.
Vater unterstützte sie da nach bestem Gewissen; und sie hörten gerne auf ihn, nämlich er hatte nie ein Hehl daraus gemacht, daß er Arbeitslosigkeit, so paradiesisch sie sich, biblisch betrachtet, auch ausnehmen mochte, als etwas ganz und gar Unchristliches empfand. Wenn er dafür auch nicht so sehr den Himmel, als dessen irdische Statthalter verantwortlich machte. Nicht, daß er Aufsässigkeit gepredigt hätte; *der* Typ war er weniger. Nein: er hielt seine Freunde lediglich zu einer soliden Unzufriedenheit an.
Natürlich gab es auch Andersgläubige, die ihn da mißverstanden oder vielmehr mißverstehen *wollten*. Dazu hat in erster Linie Frieda gehört, die ihm vorwarf, er steigere sich nur deshalb in diese Apostelrolle hinein, um sich seine Talentlosigkeit in punkto Arbeitssuche nicht eingestehen zu müssen. Vor allem aber hat Mieke Sobota an Vaters Berufung gezweifelt. Da heißt, nicht nur Mieke allein, auch alle seine Leute hatten gegen Vaters Auffassung von Arbeitslosigkeit was.
Mieke war Seifenkocher gewesen; auch auf mehreren Rummeln hat er geboxt. Vom Boxen hatte er die breite, gebrochene Nase, und auch die eintätowierten Rosen und Nixen auf seinen Fäusten

und Armen hingen wohl damit zusammen. Seine Plattfüße wieder hatten mit all den Jahren zu tun, die er als Seifenkocher gezwungen gewesen war, am Kaldaunenkessel zu stehen. Mieke spielte für sein Leben gern Skat, den er den Nationalsport der Arbeitslosen nannte. Hier kam wohl auch der Unwille her, den er Vaters Erweckungsversuchen entgegenbrachte: Er wollte von seinem vorsätzlichen Irrtum nicht lassen, Arbeitslosigkeit für Freiheit zu halten.

Denn Miekes Leute unterschieden sich von Vaters Freunden vor allem dadurch, daß sie den Arbeitslosenstand zu einer neuen Berufskaste erhoben hatten. Sie waren nicht mehr beschäftigungsloser Tennisplatzpfleger, entlassener Straßenbahnschienenreiniger, sie waren Arbeitlose an sich; und Mieke wurde nicht müde, ihnen einzureden, daß sie allen Grund hätten, das mit Stolz zu quittieren. Trotzdem, gegen eine kleine Arbeit, die die Stabilisierung des Heiligen Abends verhieß, hätten sie natürlich ebenso wenig einzuwenden gehabt wie wir.

Das Wichtigste hierfür wären Kohlen oder genauer: wäre Wärme gewesen. An sich war diese Voraussetzung — allerdings auch nur, was die Tage vor und nach Weihnachten anging — mit dem hervorragend geheizten Pergamon-Museum vollauf erfüllt; zumal das Pergamon-Museum zwischen Spittelmarkt und Prenzlauer Berg ungefähr der einzige Ort war, wo Vaters Freunde und Miekes Leute einander noch begegnen konnten, ohne daß gleich Schmähworte fielen; nicht mal in den Wettbüros am Alexanderplatz war dieses Wunder ja noch zu vollbringen. Doch auch das Pergamon-Museum sollte sich zum Aufwärmen als ungeeignet erweisen. Und der uns das eingebrockt hat, ist niemand anders als Otto gewesen.

Otto hatte sich mit Leo im Innern des Museums vor einer dieser alten Säulen verabredet. Leo kam jedoch nicht. Da holte Otto seinen Tintenstift hinter dem Ohr hervor und schrieb an die Säule: ›Bin um zwölf wieder da. Otto.‹ Darauf vertrat er sich im Lustgarten draußen, wo Weihnachtsmarkt war, ein bißchen die Füße, und pünktlich um zwölf kam er wieder zu der Säule zurück.

Er war sehr erstaunt, als auf einmal zwei Wärter über ihn herfielen, die ihn zu einem Herrn mit Stehkragen schleppten, der einen kaputten Steinkopf auf seinem Schreibtisch stehen hatte und Otto anschrie, wer er dazu komme, eine attische Säule zu besudeln. Otto antwortete, es sei doch nichts Unanständiges gewesen, bloß eine Nachricht für einen Kollegen. Aber was nützte das alles; von nun an war es mit dem Pergamon-Museum als Wärmehalle endgültig aus; niemand von Vaters Freunden wurde mehr eingelassen, und was fast noch schlimmer war: Das Verbot schloß auch Mieke und seine Leute mit ein.

Damit war der erste Anlaß für eine offene Kampfansage gege-

Niemand anders als Otto

ben. Es lag Mieke ganz einfach nicht, die Folgen eines solchen noch dazu nicht von ihm provozierten, Schicksalsschlags untätig hinzunehmen, er war eine Kämpfernatur. Das bestätigte vor allem der blauviolette Hof, der unmittelbar darauf eins von Ottos sanft nach außen schielenden Augen umgab; das trat aber in noch weit betrüblicherem Ausmaß im Verlauf dieser Weihnachtsmannaffäre zutage; und mit der verhielt es sich so.

Da Vater der Meinung war, das Milieu der Wettbüros und Destillen, in denen seine Freunde jetzt hauptsächlich verkehrten, bekomme einem siebenjährigen Jungen nicht gut, wechselten wir in die Spielwarenabteilung vom Kaufhaus Wertheim hinüber.
Hier waren wir fünf Tage vor Weihnachten Zeuge, wie der Abteilungsleiter, ein pomadeglänzender Herr mit schimmernden Wangen und rosigen Nägeln, indem er seinem Ungehaltensein durch eine nackte Puppe Nachdruck verlieh, mit der er dabei auf die Tischplatte klopfte, sich beim Arbeitsamt telefonisch beschwerte, daß ihm keine Weihnachtsmänner geschickt worden

seien. Er schnarrte in die Muschel, wenn die acht Monturen, die er angeschafft habe, auch nur noch eine einzige Stunde länger unbenutzt blieben, werde er das Arbeitsamt regreßpflichtig machen; von dem Verlust, den der Ausfall dieser Straßenwerbung bedeutete, besser erst gar nicht zu reden.
Vater mußte sich auf ein künstliches Pfefferkuchenhaus stützen, er war zu erregt. »Acht«, flüsterte er; »hast du gehört?«
Ja, ich hatte gehört. Acht, das waren genau Vater, Otto, Leo, Ewald, Rudi, Kutte, Emil und Ernst.
»Hör zu«, keuchte Vater; »du rennst jetzt sofort los und versuchst, einen von Unsern zu kriegen und sagst ihm, er soll aufs Arbeitsamt rasen und denen erklären, er hat die Weihnachtsmänner für Wertheim parat. Treffpunkt: Wettbüro Münzstraße. Klar?«
»Klar«, sagte ich; »und was ist mit dir?«
»Ich«, sagte Vater und zwirbelte seine Schnurrbartenden hoch, die aber sofort wieder über die Mundwinkel fielen; »ich geh jetzt zu dem Herrn da rein und frag ihn persönlich.«
Ich rannte sofort los. Aber jetzt zeigte es sich, daß uns Mieke, jedenfalls im Methodischen, weit überlegen war. Kaum nämlich, daß ich mit Leo, der wie immer um diese Zeit in der Markthalle schluckend vor den Wurstwaren stand, endlich im Arbeitsamt war, kamen uns den dämmrigen Gang herab haargenau acht verdächtige Gestalten entgegen. Sie pfiffen und lachten und rieben sich die Hände dazu. Wir konnten uns eben noch in einer Nische verstecken, da erkannten wir auch schon, daß sich unser Verdacht aufs Furchtbarste bewahrheitet hatte.
Doch plötzlich ging eine Tür am Gangende auf, und eine Stimme rief: »He, hallo! Die Herrn Weihnachtsmänner in spe! Die Sache ist abgeblasen! Wertheim hat ne andere Mannschaft genommen!« Die Gesichter vor uns im Halbdunkel vergesse ich nie.
»Los«, knirschte Mieke und ballte die blautätowierten Fäuste; »hin und nachgesehn, was für ne Truppe von Lebensmüden uns das weggeschnappt hat.«
»Liebes Bißchen«, sagte Leo, als sie weg waren und wir wieder aus unserer Nische heraustreten konnten, »wenn das da eben dein Vater erreicht hat, dann werden wir bei dieser Arbeit nicht froh.« Es sollte eine der zutreffendsten Prophezeiungen werden, die jemals in unseren Kreisen gemacht worden sind.

Natürlich, es war Vaters Verdienst, daß Mieke und seine Leute die Weihnachtsmannposten nicht kriegten. Zum Glück war Vater aber auch sonst schon recht rege gewesen. Denn als wir atemlos ins Wettbüro in der Münzstraße stürzten, da hatte er die andern sechs bereits im Vorraum um die Heizung versammelt.
Wir berichteten kurz.
An seinen Bartenden nagend, hörte Vater uns zu. »Wenn einer

aussteigen will«, sagte er darauf gedehnt, »ich mach ihm keinen Vorwurf daraus.«
Ottos rechtes Auge, das noch immer ein veilchenfarbener Hof umgab, flatterte leicht.
»Gut«, sagte Vater, »dann also mir nach.«
Auch Mieke war allerdings nicht gerade untätig gewesen. Alle paar hundert Meter stand einer von seinen Leuten herum und schloß sich uns schweigend und in wohlbemessenem Abstande an. Zuletzt, dicht vor Wertheim, stieß sich dann auch Mieke selber mit dem Rücken von einer Litfaßsäule ab und kam uns, übertrieben in den Knien wippend, entgegengeschlendert.
»Na, so 'n Zufall!«
»Ja; lange nicht mehr gesehn«, sagte Vater gepreßt.
Leo schnallte unauffällig den Kraftriemen ums Handgelenk enger.
»Bloß leider gar keine Zeit«, sagte Vater.
»Nanu.« Mieke zog erstaunt die buschigen Brauen empor. »Habt ihr gehört Jungs«, sagte er zu seinen Leuten, die uns, wie absichtslos, eingekreist hatten: »Albert hat keine Zeit mehr für uns.«
»Na, Kollegen —?« sagte da, Hand am Gummiknüppel, ein Schutzmann und drängte sich durch Miekes Leute und Vaters Freunde hindurch; »soll ich erst Verstärkung ranpfeifen, oder verkrümelt ihr euch auch so?«
Das war die Rettung; denn mit rein zu Wertheim wagten sich Mieke und seine Leute jetzt nicht.

Der Abteilungsleiter saß, umgeben von hundert und aber hundert deckellosen Kartons mit nackten lächelnden Puppen darin, an seinem Schreibtisch und war dabei, sich die Nägel zu feilen, sie hatten dieselbe Farbe wie die Bäuche der Puppen.
»Sie arbeiten mir also«, sagte er, ohne sein Feilen und Hobeln zu unterbrechen, »nach streng werbepsychologischen Gesichtspunkten. Das heißt: Es darf kein Kind auf die Idee kommen, einen wirklichen Weihnachtsmann vor sich zu haben.«
»Schade«, sagte Otto; »geht einem gleich der ganze Elan flöten, Chef.«
»Was hier flöten geht«, sagte der Abteilungsleiter und blies seine Nägel an, »sind die Werbeartikel, die Sie ausgeben werden. Ihr Gesamtwert beläuft sich auf vierhundert Reichsmark. Die wollen angelegt sein. Angelegt, indem Sie jedem Kind, dem Sie was geben, den Namen Wertheim einbläuen.«
»›Einbläuen‹ —«, fragte Leo höflich: »ist das nicht 'n bißchen sehr hart, Boß?«
Der Abteilungsleiter blickte aufmerksam durch Leo hindurch; die Nagelfeile in seiner Hand zitterte leicht. »Noch nie was von Konkurrenz gehört, nein?«

»Etwas mehr links«, sagte ich

»Aber ja«, sagte Vater, wohl in Erinnerung an Mieke und seine Leute, sehr echt; »durchaus.«
»*Die* ist hart«, sagte der Abteilungsleiter; »kapiert?«
Wir nickten beklommen.
»Also dann«, sagte der Abteilungsleiter und behauchte seine Nägel und rieb sie sich blank am Revers. »Was warten Sie noch. Gehn Sie Ihre Monturen empfangen.«
Sie lagen im Hof beim Pförtner bereit. Es waren acht rote Mäntel, acht rote Mützen, acht Larven mit Bärten, acht Säcke, acht Ruten. Die Säcke waren mit Taschenspiegeln, Radiergummimäusen und kleinen Autos gefüllt; jeder Artikel war mit dem Firmennamen gezeichnet. »Und vergeßt nicht«, sagte Vater, »das Zeug wird gratis verteilt.« Er ließ die hochgeschobene Maske wie ein Visier runterfallen und zog den Mützenrand über die obere Kante; der Abteilungsleiter konnte beruhigt sein, Vater sah bestimmt nicht wie ein Weihnachtsmann aus; er war ein verkleideter Arbeitsloser, sonst nichts.

»Und die Löhnung –?« fragte Ewald dumpf hinter seiner Larve hervor. »Drei fünfzig am Tag«, sagte Vater womöglich noch dumpfer, denn jetzt filterten ihm *zwei* Schnurrbärte die Stimme.
»Wunderbar«, keuchte Otto, dem die Maske etwas zu tief saß, so daß er in ihre Nase hineinsprechen mußte, »und am Abend haun wir sie dann auf den Kopp.«
»Siehst du«, sagte Vater und hob, um sich besser verständlich zu machen, die Larve am Kinn etwas an, »genau das hab ich vorausgesehn. Und daher wird die Löhnung auch erst am Heiligabend empfangen.«
Vielleicht wäre nun – fürs erste jedenfalls – doch noch alles glimpflich abgelaufen, hätte Otto nicht obendrein dieses Pech mit der Räumungsklage gehabt. Sie waren eben dabei, sich die Säcke überzuwerfen und vorm Rasierspiegel des Pförtners noch mal den Mützensitz zu prüfen, da wurde die Tür aufgerissen, und Else stürzte herein; Vater fing sie eben noch auf.
»Ach, Otto«, schluchzte sie an seinem Hals; »und ausgerechnet wo in einem Monat das Kind kommt.«
»*Hier* bin ich«, sagte Otto beleidigt; »das da ist Albert.«
Vater geleitete sie sanft zu ihm hin.
»Ihr seht alle so gleich aus«, sagte Else erschöpft.
»Nu stimmts ja.« Otto tätschelte ihr beruhigend den Rücken. »Also, sag, Mädel: Was gibt's?«

Nun, was gibt es schon, wenn einer vier Monate lang die Miete nicht zahlt und dem Hauswirt auch noch mit der Bratpfanne droht. Als wir von einer Kinderschar und, auf der anderen Straßenseite, von Mieke und seiner schweigsamen Mannschaft begleitet, atemlos in die Gipsstraße einbogen, wo Otto und Else wohnten, war der Gerichtsvollzieher mit den Möbelträgern schon wieder verschwunden. Was sie übriggelassen hatten, stand ordentlich aufeinandergeschichtet vorm Haus.
»O du fröhliche«, sagte Otto, ließ seinen Sack fallen und fiel selber in seinem Weihnachtsmannornat auf die zerschlissene Wachstuchcouch nieder, die der Gerichtsvollzieher verständlicherweise verschmäht hatte, »o du selige, o du gnadenbringende Weihnachtszeit.«
»Versündige dich nicht«, sagte Vater, der sich ebenso, wie die andern, die Weihnachtsmaske nach Schildmützenart auf die Stirn gerückt hatte. »Hier ist jetzt nicht der Ort zu fluchen. Hier muß was getan werden. Und zwar sofort.«
»›Tun‹«, sagte Otto; »ich hör immer ›tun‹.« Er klopfte Else, die sich zitternd an ihn schmiegte, unaufmerksam den Rücken. »Und wenn ich keine Lust mehr hab, was zu tun?«
»Wir sind im Dienst«, sagte Vater streng. »Da kommt's auf Lust am allerwenigsten an.« Er sah unter dem ihm steif von der Stirn wegstehenden Bart abwesend zu Mieke und dessen Leuten

hinüber, die bestimmt nur Ottos Unglück jetzt davon abhielt, rüberzukommen und uns in einen Streit zu verwickeln; unschlüssig und ebenso frierend wie wir, sah man sie sich auf der andern Straßenseite in der tannengeschmückten Auslage eines Sargmagazins spiegeln.
»Ich hab's«, sagte Vater da plötzlich gedämpft. »Otto, kannst du dich hier noch auf irgend jemand verlassen?«
Otto dachte angestrengt nach. Es sah eigentlich nicht so aus, als ob ihm jemand einfallen würde. »Ja«, sagte er dann aber unerwarteterweise; »auf Frau Teichert, denke ich doch. Jedenfalls bin ich ihrem Mann beim geräuschlosen Eindrücken von Schaufensterscheiben und solchem Spezialkram ja auch schon manchmal behilflich gewesen. Leider sitzt er momentan noch.«
Zum Glück war aber wenigstens *Frau* Teichert zu Hause. Sie sah offenbar schlecht, sie mußte erst dicht vor Otto herantreten, ehe sie ihn wiedererkannte. Nein, sie hatte nichts dagegen, daß Vater und seine Freunde ihre Säcke und die Monturen für eine Stunde bei ihr im Wohnzimmer ließen.
»So«, sagte Vater dann draußen im Flur. »Jetzt folgendes. Ihr kennt doch den halbfertigen Neubau in der Schützenstraße?«
Ewald zog fröstelnd die Schultern hoch. »Wo der betrunkene Kammerjäger im Keller von den Ratten angenagt worden ist?«
»*Seine* Schuld«, sagte Vater; »was verfolgt er die Tiere.«
»Außerdem«, sagte Leo: »wieso denn im Keller. Hätt sich ja auch zu Hause hinlegen können. So 'n Bursche verdient doch.«
»Ruhe«, sagte Vater. »Ich kenne den Baustellenwächter. Ordentlicher Mann. Wenn wir ihm eine prozentuale Beteiligung am Reingewinn unserer Weihnachtsmann-Löhnung versprechen, geht er durchs Feuer für uns.«
»Erst mal eins haben«, sagte Otto und rieb Else den Rücken.
»Wir *werden* eins haben«, sagte Vater prophetisch. »Es wird im zweiten Stock des halbfertigen Neubaus in der Schützenstraße brennen. Emil und Ernst: Ihr besorgt irgendwoher einen Karren für Ottos restliche Möbel.«
»›Restlich‹ ist gut«, sagte Otto.
»Rudi und Kutte«, sagte Vater: »Ihr paßt solang auf das Zeugs draußen auf.«
»›Zeugs‹ meint er«, sage Otto zu Else; »haste gehört.«
»Leo und Ewald«, sagte Vater: »Ihr kommt mit in die Schützenstraße, für Else ein Zimmer herzurichten.«
»›Zimmer‹«, ächzte Otto, »*das* seh ich.«
»Bruno«, sagte Vater.
»Ja«, sagte ich.
»Du mußt Frieda rumkriegen, daß sie sich Elses jetzt annimmt.«

Das war die schwerste Aufgabe von allen. Frieda dachte prompt, es sei eine Finte.

»Ich kenn euch«, sagte sie und riß einem Herrn, der sich ungeduldig in den dunklen Kinoraum drängte, die Billetecke ab. »Ihr denkt, ich fall auf so ne larmoyante Tour von euch rein und komm wieder zurück. Nee, Junge; aber nicht Frieda.«
»Dein asoziales Verhalten«, sagte ich (das Wort hatte ich kürzlich auf irgendeiner Versammlung gehört, und ich fand, es klang gut), »dein asoziales Verhalten wird dir noch mal leid tun, wetten?«
Es schien genau das richtige Wort für Frieda gewesen zu sein.
»*Wie* schimpfste ne alte Kommunekämpferin da?« fragte sie heiser und zog die Brauen zusammen.
»Versetz dich in Else rein«, sagte ich, »die jetzt in der Schützenstraße, in dem halbfertigen Neubau da bibbert, und dann frag mich noch mal.«
»Schön«, sagte sie finster; »ich komm. Aber wehe, Albert biedert sich wieder bei mir an.«
»Hör mal«, sagte ich; »Vater hat jetzt andres zu tun.«
Das konnte man wohl sagen. So ratlos jedenfalls wie in der Gipsstraße dann hatte ich ihn und seine Freunde noch niemals gesehen. Dabei war Vaters Plan Punkt für Punkt in Erfüllung gegangen. Else hatte ein Dach überm Kopf; die Möbel standen im Trockenen; der Baustellenwächter hielt mit; Brennholz gab es die Fülle — wirklich an alles hatte Vater gedacht. Nur an Miekes Niedertracht nicht. Nämlich als sie nach getaner Arbeit bei Frau Teichert klingelten, da schlug die die Hände zusammen und rief:
»Na, aber wie ist denn das möglich! Ihr wart doch vor ner halben Stunde erst hier und habt euern Krempel geholt!«
Das war nun allerdings ein furchtbarer Schlag.
»Das Beste«, sagte Vater, während wir frierend wieder in Richtung Alexanderplatz gingen, und klappte seinen Jackettkragen hoch, »das Beste wird sein, wir richten bei Else erst mal so was wie ein Hauptquartier ein. Das heißt —: Leo.«
Leo hörte auf, seine roten Ohren zu reiben und sah Vater von der Seite her aufsässig an. »Haste *noch* nich genug?«
Vater räusperte sich. »Du könntest mal zum Lustgarten gehn. Nehm an, daß sie sich da aufgebaut haben.«
»Na, schön«, sagte Leo; »und wenn?«
»Dann merkst du dir, wo sie stehn.«
Leo bohrte die Hände in die Taschen; er schwieg. Es war ihnen durch diese Sache doch viel vom Glauben an Vater verlorengegangen, das sah der Kenner sofort.
»Und wofür soll so was gut sein«, fragte Leo nach einer Weile.
»Um ein paar Anhaltspunkte zu kriegen«, sagte Vater. Es klang nicht sehr überzeugend. Vater schien es auch selber zu merken. Vor einer Bettfederreinigungauslage, in der von innen, mechanisch nickend, eine ausgestopfte Weihnachtsgans gegen das Schaufenster klopfte, blieb er plötzlich mit hartem Ruck stehn.

»Oder wollt ihr nicht mehr.«
»Wolln schon«, sagte Ewald; »bloß *was*.«
»Und wie«, fragte Vater und sah uns alle durchdringend an, »soll ich was planen, wenn ihr mir nicht vertraut?«
Da hatte er nun auch wieder recht.
»Also, gut«, ächzte Leo; »ich geh.«
Vater hörte es nicht. An seinen Schnurrbartenden nagend, starrte er abwesend die gegen das Glas klopfende Weihnachtsgans an. »Und komm, sobald du kannst, wieder vorbei und sag uns Bescheid.«
»Schon weg«, sagte Ewald und verdrehte ächzend die Augen dabei. Vater riß sich zusammen. »Kommt«, sagte er.

Es schneite, als wir das Baustellengelände erreichten. Obwohl erst halb drei, fing es schon an, dämmrig zu werden. Keiner sprach; uns war nicht nach sprechen. Wir hatten die Hände in den Hosentaschen vergraben und balancierten an den Rändern der schon ausbetonierten Keller des Nachbarneubaus entlang. Dann stiegen wir über die Gerüsthaufen weg und traten ins Haus.
Von oben leuchtete Frieda mit ihrer Platzanweiserinnen-Taschenlampe herunter. Das wirkte sehr unheimlich, denn das Treppenhaus war aus brandrotem Backstein gebaut, und überall ragten noch die Eisenträger heraus. Obendrein fiel jetzt auch noch Friedas endlos verlängerter Schatten über uns her. »Was ist los?« rief sie mürrisch, und die kahlen Wände warfen das Echo von Friedas Stimme donnernd zurück; »Else braucht Ruhe!«
»Lieber, netter Besuch!« rief Otto ebenso dröhnend; »paar Herren vom Finanzamt; wolln die Vergnügungssteuer kassieren!«
Mit hallenden Schritten stiegen wir rauf. Man mußte sehr achtgeben, die Treppe hatte noch kein Geländer.
Finster blickte uns Frieda entgegen. Sie war direkt aus dem Kino gekommen, man sah es an ihrer Platzanweiserinnenhaube, deren Aufschrift ›Universum-Lichtspiele‹ sich in dem Taschenlampenschein bedrohlich flackernd bewegte.
»Ja, du hast recht«, sagte Vater. »Dies ist einer der ganz wenigen Anlässe, wo dein vorwurfsvoller Blick eine gewisse Berechtigung hat.«
Kein Zweifel: er hatte dazugelernt.
Mit zwei, drei Sätzen weihte er Frieda in den uns zuteil gewordenen Schicksalsschlag ein.
»Typisch für euch«, sagte Frieda nur und zog die Decke vom Türeingang weg. »Beeilt euch gefälligst, hier drin ist geheizt.«
Es war ein riesiger kahler Raum, den wir betraten: Die Wände unverputzt, der Fußboden bröckelnder Lehm und rostige Eisenstreben dazwischen.

Keiner sprach

»Gemütlich«, sagte Ewald und schluckte.
Ich fand, so unrecht hatte er gar nicht. Zwar waren die Fenster noch nicht verglast, doch es hingen ja Decken und Elses Sommerkleider und Ottos Sonntagshose davor. Else selber war auch gut untergebracht; sie lag in der Mitte des Raumes im Bett, und daneben hockte vor einer glühenden Teertonne der Baustellenwächter und schob ein neues Scheit in die Glut, die die hartfaserplattengemusterte Decke mit waberndem Rot übergoß. Es gab ausweglosere Situationen.
Else lächelte schwach, als wir uns rings auf den übriggebliebenen Möbeln verteilten; trotz des Feuers sah sie sehr blaß aus. »Ja, macht's euch bequem.«
»Und entschuldigt«, sagte Otto, »die Tapete muß jeden Augenblick kommen.«
»Niemand«, sagte Frieda, die sich zu Else aufs Bett gesetzt hatte, »ist so blöde, wie Männer, denen was schiefging.«
»Und denen *nichts* schiefging«, sagte Otto, und seine sanft nach

außen schielenden Augen blickten irritierend rechts und links an Frieda vorbei, »die sind dann immer am klügsten.«
»Um Gottes willen!« Vater preßte die Faust vor die Stirn. »Bloß nicht jetzt auch noch Streit!«
Schweigend starrten wir die glühende Teertonne an, der Baustellenwächter ließ eine Zigarette kreisen, und plötzlich fragte Frieda gedehnt:
»So, und was jetzt?«
Vater hatte Glück, er kam um die Antwort herum; denn im Hausflur unten waren stolpernde Schritte zu hören, jemand fluchte, dann schrie eine Stimme:
»Vielleicht macht ihr mal Licht!«
Der Baustellenwächter ging mit einem flackernden Brettsparren raus. Wir hörten ihn einen erstaunten Ausruf tun. Dann war wieder Leo zu hören. »Wehe«, keuchte er, »»du sagst ihnen was!«
Kopfschüttelnd kam der Baustellenwächter darauf zurück, und endlich tauchte jetzt auch Leo im Türrahmen auf; aber nur halb, seine andre Hälfte blieb im Dunkeln verborgen. Er keuchte noch immer, die Schiebermütze war ihm vor Anstrengung auf die Nasenwurzel gerutscht.
»Ratet mal, was ich euch mitgebracht habe.«
Wir rieten eine Weile herum. Ewald sagte, sein größter Wunsch sei ein Viertelzentner Kartoffeln; Kutte tippte Briketts und Else ging sogar so weit, in Leos anderer Hand einen Weihnachtsbaum zu vermuten.
»Ihr werdet lachen«, sagte Leo; »damit ist sie der Wahrheit noch am nächsten gekommen.«
Er trat vollends ein und zerrte einen von Miekes Weihnachtsmanntruppe hinter sich her. Der war in voller Montur, nur die Larve hatte er sich in den Nacken geschoben, was ihm ein etwas janusköpfiges Aussehen verlieh. Es handelte sich um einen gewissen Fuwel, ehemaligen Damenfrisör, was man auch daran erkannte, daß er dem strähnigen Bart seiner Maske Dauerwellen beigebracht hatte.
Leo erntete starken Applaus. Nachdem er auf Ringermanier dankend die Hände erhoben hatte, wurde sein Gesicht allerdings wieder schlagartig ernst.
»So. Und wißt ihr, was sie auf dem Weihnachtsmarkt tun —?«
In der Teertonne fiel knisternd ein Glutberg zusammen.
»Mach keinen Unsinn, Junge«, sagte Vater schwach. »Sie verteilen die Werbeartikel, doch logisch.«
Leo lachte grimmig und stieß dem Exfrisör Fuwel die Faust in den Nacken. »Los, Mensch. Sag's ihnen schon.«
»Stop.« Vater fuhr sich schluckend mit dem Zeigefinger im Kragen herum. »Er soll erst die Montur ausziehn. Ein beichtender Weihnachtsmann, das macht mich nervös.«

»Typischer Intellektuelleneinwand«, sagte Frieda gehässig.
Der Exfrisör Fuwel nahm zitternd die Maske ab und legte sie, zusammen mit der Mütze, dem Mantel, der Rute, dem leeren Sack vor sich hin. Er sah jetzt, bis auf seine pompöse Lockenfrisur, wieder ebenso abgerissen aus wie wir alle.
»Nun gehts«, sagte Vater erleichtert und blickte betont an Frieda vorbei; »jetzt ist seine Immunität aufgehoben. Also, erzähl.«
»Wir haben –« stotterte Fuwel, »wir haben –«
»Aha«, sagte Leo und schob sich den Kraftriemen zurecht; »du willst also nicht.«
»Ich bitte dich, Leo.« Vater lächelte schwach. »Es ist Vorweihnachtszeit. Da sollte man friedlich zu bleiben versuchen.«

Die Montur paßte genau

»›Friedlich‹!« rief Leo verbittert. »Wetten, daß du das nicht lange bleibst, wenn ich dir sag, was die machen? Na —? Das errätste nich, nee.« Er holte tief Luft. »Die verscheuern die Reklameartikel. Die kassieren zwanzig Pfennig fürs Stück!«
Otto rechnete fiebrig. »Mensch, das macht ja zwanzig Reichsmark pro Sack!«
»Ich glaub, ich dreh durch«, flüsterte Vater.
»Typisch«, sagte Frieda. »Statt zurückzuschlagen, wo sich so ne einmalige Handhabe bietet.«
»Ob es sich nicht doch empfiehlt«, fragte Vater, »du würdest uns diese militaristische Äußerung eventuell mal erläutern?«
»Mach ich«, sagte Frieda.
Sie tat es sehr überlegen. Man merkte, selbst Ernst, der von uns allen der Gleichmütigste war, begann nun einzusehen, was wir an Frieda verloren hatten.
Ihr Plan, den sie mit strategisch knappen Worten skizzierte, ging so: Einer sollte in Fuwels Weihnachtsmannkluft (und somit nicht nur als Weihnachtsmann, sondern, was den künstlich gewellten Bart anging, ja zugleich auch als Fuwel verkleidet) Mieke ins Gewissen zu reden versuchen. Allerdings nur anfänglich. So, als habe auch Fuwel Gewissenbisse bekommen; nach und nach vielmehr sollte man Farbe bekennen und auch keineswegs mit so Begriffen wie ›Arbeitsgericht oder Berufsehre‹ sparen.
Ewald bezweifelte zwar, ob Mieke überhaupt auf ethischer Ebene ansprechbar sei; aber Frieda meinte, daß das Gewissen auch im Herzen eines *verführten* Werktätigen ruhe. Wobei sich bloß noch, warf Leo dazwischen, die Frage erhebe, ob man einen passionierten Skatspieler wie Mieke auch tatsächlich als Werktätigen ansprechen dürfe. Darauf, sagte Frieda schneidend, brauche sie schon deshalb keine Antwort zu geben, weil das eine typisch reaktionäre Fangfrage sei.
Beinah hätten sie sich jetzt *doch* noch zerstritten. Aber da berührte Vater glücklicherweise ein anderes Problem; nämlich das, wer denn nun wohl am geeignetsten sei, Mieke ins Gewissen zu reden. Und da ergab sich nun allerdings etwas Überraschendes. Es kam nur Otto in Frage; er war der einzige mit Fuwels Statur.
Am nächsten Morgen, gegen halb acht (denn um acht mußten ja beim Pförtner die Säcke neu aufgefüllt werden), zog Otto sich, schräg gegenüber von Wertheim, unter der Bahnüberführung seine Weihnachtsmannmontur an, und wir begutachteten ihn.
Es war nicht zu leugnen, man hätte ebensogut auch Fuwel vermuten können hinter dieser leer lachenden Maske mit dem kunstvoll gewellten Engelshaarbart.
Leo, der Otto Mut machen wollte, meinte, es müsse für ihn eine Kleinigkeit sein, sich Mieke beizugesellen. Er habe es gestern ja selber beobachten können: da sie Rachemaßnahmen befürch-

teten, gingen sie nur immer zu zweien. Fuwel zum Beispiel, den habe er ja buchstäblich erst vor der Haustür erwischt.
Es ließ sich nicht direkt behaupten, daß Otto das zuversichtlicher stimmte. Er sagte heiser, was ihn betreffe, er habe nur *einen* Wunsch – mindestens zwei Mann zu seiner Bewachung.
Eben hatte Vater Ernst und Ewald bestimmt, ihm diesen Dienst zu erweisen, da sah man Mieke mit seinen Männern den Damm überqueren.
Sie rückten im Gänsemarsch an, einer hinter dem andern, die roten Zipfelmützen tief in die Stirnen gerückt, die Masken darunter gleichsam schon mit den Gesichtern verschmolzen. Es war windig und schneite auch wieder ein wenig; sie wirkten mit ihren flatternden Bärten und in ihren wehenden Mänteln verblüffenderweise sehr echt. Das galt selbst für Mieke; denn warum sollte ein Weihnachtsmann keine Plattfüße haben?
Eben diese waren es dann aber auch, nach denen Otto sich jetzt einwandfrei zu richten vermochte. Aus unseren Verstecken beobachteten wir, wie er Mieke und dessen Leuten entgegenging, und wie Mieke, als er Otto erblickte, grüßend die blautätowierte Rechte zum Mützenrand hob. Kein Zweifel: er hatte ihn für Fuwel gehalten.
Wir warteten, bis sie kurz darauf wieder mit ihren prall gefüllten Säcken erschienen und weiter im Gänsemarsch in Richtung zum Lustgarten liefen. Otto hatte schon ausgezeichnete Arbeit geleistet, wir sahen seinen gewellten Engelshaarbart bereits dicht hinter Mieke aufschimmern.
»Mensch«, sagte Leo da plötzlich; »aber merkt ihr denn nichts?! Das sind doch bloß sieben!«
Er hatte recht; und vorhin waren es acht.
Vater schickte erst mal Ewald und Ernst los, denn sie mußten Otto ja im Auge behalten. Dann warteten wir eine Weile. Doch aus dem Hoftor drüben kam keiner von Miekes Leuten mehr raus.
»Bruno«, sagte Vater schließlich zu mir, »du bist der einzige von uns, der jetzt dem Pförtner nicht auffällt. Kuck nach, ob du diesen Burschen von Mieke irgendwo siehst.«
Nein; ich sah nur den Pförtner. Er saß, wie immer in seinem Häuschen im Hof und hatte kauend die ›Morgenpost‹ gegen die Thermosflasche gelehnt.
Wir waren ziemlich beunruhigt über dieses spurlose Verschwinden von Miekes achtem Mann; irgendwie, fanden wir, verhieß es nichts Gutes. Aber was half das, wir konnten hier nicht den ganzen Tag auf ihn warten. Also gingen wir erst mal wieder zu Else.

Vater hatte Ewald und Ernst zwar das Ehrenwort abgenommen, daß sie Otto wirklich nur im äußersten Notfall beispringen soll-

ten; aber als wir dann bis in den späten Abend hinein nichts mehr von ihnen zu hören bekamen, da fingen wir doch an, unruhig zu werden. Dummerweise waren die anderen Kohlenplätze inspizieren gegangen, und Frieda hatte um diese Zeit in der Abendvorstellung zu tun; so waren wir jetzt mit dem Baustellenwächter und dem Exfrisör Fuwel allein.
Fuwel hatte sich zwar schon mehrfach erboten, mal nachsehen zu gehen, und als Beweis seines Gesinnungswandels ja auch bereits die Fenster vernagelt und Else eine neue Frisur modelliert (die sie zwar nicht direkt schöner, dafür jedoch, wie Fuwel es nannte, ›fraulicher‹ machte), aber ihn Mieke nun sozusagen auch noch in die Arme zu schicken, das getraute sich Vater denn doch nicht. »Man soll einen gewandelten Menschen auch nicht gleich wieder neu in Versuchung führen«, flüsterte er, damit es Fuwel nicht hörte. »So ein zartes, frisch erblühtes Gewissen ist schließlich kein Kaktusgewächs.«
Weiß Gott; der Baustellenwächter nickte bedächtig; da habe er recht. »Bloß, dasselbe«, sagte ich, »ließe sich dann auch auf Otto anwenden.«
»Otto«, sagte Vater mit diesem feierlichen Unterton in der Stimme, den ich noch nie gemocht hatte, »Otto ist gefestigt seit Jahren.«
»Aber noch nie in diesen Jahren«, sagte ich, »ist's ihm so dreckig gegangen wie jetzt.«
Was ich damit sagen wollte, fragte Vater gedehnt. »Nichts«, sagte ich. »Höchstens, daß er der einzige war, der angefangen hat zu rechnen, als Leo sagte, Mieke würde die Werbeartikel verkaufen.« Vaters Schnurrbartenden zuckten erregt. »Wenn Else nicht schliefe, ich hätte darauf bestanden, daß du dich für diese Verdächtigung Ottos bei ihr entschuldigst.«
»Da kommt einer«, sagte Fuwel und ließ lauschend sein Taschenmesser sinken, das er benötigt hatte, um Zeitungspapier in die Ritzen der vor die Fenster genagelten Bretter zu stopfen.
Wir hielten die Luft an. Ja, jemand kam schweratmend die Treppe herauf. »Jetzt bin ich gespannt«, sagte Vater.
Er brauchte es nicht lange zu sein; Ernst, der hechelnd hereinbrach, hatte für Umschweife nie etwas übriggehabt.
»Stellt euch vor, er tut's auch!«
»*Wer*«, fragte Vater gereizt. »Wer tut *was*. Und wer tut was *auch*.«
Hustend hockte sich Ernst vor der Teertonne nieder und hielt die steifgefrorenen Hände dagegen. »Otto«, ächzte er; »er verscherbelt das Zeug nu genauso wie die andern. Stück zwanzig Pfennig!«
»Nein.« Betäubt wich Vater zurück. »Du hast dich geirrt.«
»Hör mal«, sagte Ernst; »wo ich's doch selber gesehen hab.«
»Na, aber hat er sich denn Mieke nicht zu erkennen gegeben?«

»Eben das war's ja«, sagte Ernst, »Mieke hat erst mal zwei von den andern rangepfiffen darauf. Dann hat er zu Otto gesagt: ›Entweder kommste aus deiner Montur heil nich mehr raus, oder du machst es wie wir.‹«
»Frieda«, seufzte Vater verbittert; »Frieda und ihr Glaube ans Gewissen der Werktätigen. Und wo«, fragte er heiser, »befindet Otto sich jetzt?«
»Mit zu Mieke nach Hause gegangen«, sagte Ernst melancholisch.
»Logisch«, sagte ich; »weil er Angst hat, allein passiert ihm jetzt was.«
»Wolln *hoffen*, daß es bloß das ist.« Ernst stellte die aufklaffenden Schuhe gegen den Teertonnenrost und hauchte seinen blaugefrorenen Zehen wieder Lebensmut ein.
»'nen direkt betroffenen Eindruck nämlich hat er eigentlich nicht gerade gemacht.«
»Komm, komm«, sagte Vater; »woher willst du das wissen; er war doch in Kluft.«
»Das weiß ich«, sagte Ernst, »weil ich gesehn hab, wie'n Weihnachtsmann mit 'm gewellten Engelshaarbart nen andern, der Plattfüße hat, auf die Schulter klopft.«
»Sieh nicht so rechthaberisch aus!« schrie Vater mich an.
»Wieso«, sagte ich; »hab doch gar nichts gemacht.«
»Ist was passiert?« fragte Else verstört und rieb sich die Augen.
»Ach wo«, sagte ich; »nichts.«
»Aber warum läuft denn dann Albert da wie verrückt auf und ab?«
»Lauf ich?« Vater blieb stehn. »Gar nicht gemerkt.«
»Nee, nee«, sagte Else fröstelnd; »irgendwas is; ich hab's im Gefühl.«
Sie war nicht zu beruhigen, und sie hörte den ganzen Abend nicht auf, uns, über ihr geblümtes Plumeau weg, ängstlich zu mustern.
Gott sei Dank kamen dann aber auch die andern zurück. Ihre Ausbeute war nicht sehr groß, zwei bis drei Brikett nur pro Mann. Immerhin, Kutte brachte Else eine buntbedruckte Weihnachtstüte voll Steinkohlen ans Bett, und die Rührung darüber verdrängte Elses Ängstlichkeit erst mal ein wenig.
Lange allerdings hielt das nicht vor; obwohl wir uns wirklich Mühe gaben und die Sache mit Ottos Rückfall zum Beispiel nur jedem einzeln und draußen auf der Treppe erzählten. Aber als wir dann wieder alle um die Teertonne saßen und Vaters, Ernsts und meine Beklemmung sich auf einmal auch den Gesichtern der andern mitgeteilt hatte, da war es mit Elses Beherrschung vorbei; sie schalt uns Verschweiger und Lügner und fing an zu weinen.
Unglückseligerweise tauchte jetzt auch Frieda noch auf, und weil

Finster hörte Frieda ihm zu

sie gleich wieder anfing, über unsere Socken zu schimpfen, die wir rings um die glühende Teertonne aufgehängt hatten, konnte auch Vater sich nicht mehr beherrschen, und mit bebender Stimme teilte er ihr Ottos Treuebruch mit.
»Da – !« schluchzte Else; »ich hab's doch gewußt! Und wer hat dran schuld?« Sie bohrte ihren zitternden Zeigefinger in Richtung auf Frieda hin tief in die Luft: »Die mit ihrem idiotischen Plan!«
»Der Plan«, sagte Frieda finster, »hätte nicht besser sein können. Er ist nur an der miesen Moral gewisser Leute gescheitert.«
»Alarm!« schrie da plötzlich im Treppenhaus unten Ewald mit gellender Stimme. »Alarm! Die drehen ein Ding!«
»Ein *was*?« fragte Rudi, der es, als gelernter Parkwächter, mit Fachausdrücken nie ganz leicht gehabt hatte.
Aber da polterte Ewald schon rein. »Haltet euch fest!« schrie er. »Wißt ihr, was heute nacht steigt?« Wild sah er sich um.
»Versuch es«, sagte Vater mit einer Stimme, die auf Stelzen über Abgründe schritt, »uns so schonend wie möglich zu sagen. Ich denke an Else.«
»Und *ich*«, keuchte Ewald, »an den Nachtwächter von Wertheim.«
»Nanu«, sagte Leo; »wie kommste denn grad auf *den*.«
Ewald holte tief Luft. »Erinnert ihr euch, wie heute morgen einer von Miekes Weihnachtsmännern draufgeblieben ist auf'm Gelände von Wertheim?«
»Seid ihr verrückt!?« rief Frieda; »und da dreht ihr die Daumen solange? Der hat sich am Abend doch einschließen lassen!«

Ewald nickte erschöpft. »Genau so siehts aus. Und haut nu den Nachtwächter um und läßt die drei andern dann rein.«
Dicht neben mir gab es einen metallisch summenden Ton. Den hatte Vater erzeugt, er war auf Ottos übriggebliebener Wachstuchcouch niedergesunken. »Soll das«, fragte er tonlos, »soll das etwa heißen, die haben die Stirn –«
»›Stirn‹ is gar kein Ausdruck«, sagte Ewald verbissen; »›Glatze‹ mußte das schon ehr nennen.«
»Hört endlich auf, dauernd über Otto herzuziehn!« schrie Else dazwischen.
»Nicht doch«, sagte Kutte vermittelnd; »ist doch bloß – Wie sagt man, Albert?«
»Sinnbild«, antwortete Vater, abwesend an seinem Bartende nagend.
»Richtig«, nickte Kutte. »Ist doch bloß 'n Sinnbild gewesen.«
»Schönes Sinnbild«, sagte Ewald: »Vier Weihnachtsmänner, die im Kaufhaus die Spielzeugabteilung beklaun.«
Vater schloß einen Moment lang die Augen. »Auch *das* noch. Wären sie wenigstens auf die Lebensmittelabteilung verfallen.«
Wir schluckten.
»War Ottos Idee«, sagte Ewald. »Hab, an Miekes Tür gepreßt, ja alles gehört. Mieke wollte erst in die Haushaltsabteilung. ›Was willste mit Putzlappen‹, sagte Otto zu ihm. ›Kannste schwarz werden bei, bis du für die 'n Interessenten erwischt. Nee, was *wir* brauchen, das müssen wir morgen früh schon abstoßen können.‹«
»Also, logisch *ist* er«, stöhnte Vater; »kann man nicht anders sagen.« Elses Schluchzen nahm zu.
»Und ich hab gedacht, er wäre wieder solide geworden!«
»Das biste oder biste *gewesen*«, sagte Frieda und sah uns mit runtergezogenen Mundwinkeln an.
»Aber daß er sich nicht schämt«, schluchzte Else; »wenigstens vor dem Kind!«
»Vielleicht schämt er sich«, sagte Vater und sah starr an Friedas linkem, glutgerötetem Ohrläppchen vorbei; »vielleicht schämt sich im Grunde jeder, der stiehlt.«

Wenn das eine Art These gewesen sein sollte, dann hatten Mieke, Otto und die zwei andern sie aber gründlich mißachtet. Denn der im Keller von Wertheim an die Heizung gefesselte Nachtwächter sah eigentlich nicht danach aus, als hätten seine Überwältiger Skrupel gehabt.
Wir streiften ihm den Sack vom Kopf und zerschnitten ihm erst mal die Fesseln. Darauf führten Rudi und Kutte ihn so lange hin und her, bis er wieder imstande war, alleine zu laufen.
Er wollte sofort die Polizei anrufen; aber Vater machte ihm klar,

daß das keinem von uns etwas nütze. Worauf es jetzt ankomme, das sei: Bestand aufzunehmen, um zielgerecht planen zu können. Vaters Ausdruckweise schien dem Nachtwächter Eindruck zu machen. »In Deubels Namen«, keuchte er; »gehn wir also erst mal rauf und sehn sie uns an, die Bescherung.«
Es war Mondschein, die blausilbernen Lichtbalken fielen schräg durch die großen Fenster der Spielzeugabteilung auf die präzis geleerten Regale. Präzis, allerdings; denn das sah man sofort: hier war methodisch gearbeitet worden. Kein Durcheinander, keine aufgebrochenen Kassen, und nur ein einziges Mensch-ärgere-dich-nicht-Spiel war runtergefallen.
»Hut ab«, sagte Leo, als wir wieder die Treppe hinabgingen: »der ordentlichste Einbruch, den ich jemals gesehn hab.«
Ewald nickte anerkennend. »Tatsache; alles, was recht is.«
Also, ›recht‹, ächzte der Nachtwächter und rieb sich den Arm, ›recht‹ möchte er das eigentlich nicht direkt nennen.
»Na, gut«, sagte Vater beschwörend; »aber Sie müssen zugeben: man hat Rücksicht genommen. Warenhauseinbrüche pflegen anders auszusehen in der Regel.«
»Weiß Gott«, seufzte Leo versonnen.
»Worauf wollt ihr raus«, fragte der Nachtwächter und blieb auf einer Raute aus Mondlicht stehn, die durchs Fenster auf die Haupttreppe fiel.
»Kommt drauf an«, sagte Vater. »Kennen Sie sie –?«
»Es sind die neuengagierten Weihnachtsmänner gewesen«, sagte der Nachtwächter. »Hab den, der mir den Sack übern Kopf zog, ja deutlich erkannt.«
»Um Himmels willen!« rief Vater so laut, daß es schaurig durch die Endlosigkeit der Verkaufshallen schallte; »machen Sie keinen Unsinn, Mann: Die neuengagierten Weihnachtsmänner sind *wir*!«
»Ihr –?!« Argwöhnisch glitt der leidgeprüfte Blick des Nachtwächters über uns hin; man merkte, er fing nun doch an durcheinanderzukommen.
»So seltsam es klingt«, sagte Leo; »es stimmt. Die haben uns die Monturen geklaut. Das sind hundsgemeine Stuppen im Grunde.«
»Bis auf einen«, sagte Vater schnell und vermied es, mich anzusehen dabei; »der ist lediglich einer Versuchung erlegen.«
Der Nachtwächter taumelte; es war eben doch ein bißchen viel für ihn.
»Stützt ihn, Jungs«, ermunterte Vater Emil und Ernst. Die klopften ihm herzlich den Rücken und hielten ihn fest.
»Ich versteh«, sagte er mühsam. »Und den einen, den soll man also jetzt schonen.«
»Schonen?« sagte Vater verblüfft. »Aber wieso denn? Hier passiert doch gar keinem was.«

»Na, nu macht mal 'n Punkt.« Der Nachtwächter fuhr sich über die Stirn. »Ich muß doch wenigstens Meldung erstatten!«
»Aber ich bitte Sie!« sagte Vater und sah ihn durchdringend an. »Sie werden doch kein Frosch sein und Ihre Stellung gefährden.«
Ächzend senkte der Nachtwächter den Blick auf die Mondraute nieder. »Ich geb's ja zu: Wir hängen alle mit drin.«
»Ein salomonisches Wort«, sagte Vater gedehnt. »Bloß wie krieg ich die leeren Regale jetzt wieder voll?!«
Vater nagte konzentriert an seinen Schnurrbartenden herum. »Wir werden Ihnen die Ware wieder beschaffen.«
Auf dem Gesicht des Nachtwächters wurde es Tag. »Und – und was meint ihr, bis wann?«
»Hm«, machte Vater. »Wie denkt *ihr* über den Fall.«
»Kleinarbeit –?« fragte Ewald; »oder alles auf eine Karte gesetzt?«
»Letzteres«, sagte Vater entschlossen.
Sie rechneten murmelnd.
»Ich red mit der Verkäuferin«, warf der Nachtwächter ein. »Patentes Mädel. Denk, vierundzwanzig Stunden läßt sich's zur Not schon vertuschen.«
»Das hieße, im Laufe des morgigen Tages.« Vater strich sich das Kinn.
»Ist das zu schaffen?«
»Glaub, schon«, sagte Leo und schob seinen Kraftriemen zurecht.

Es begann am frühen Morgen bereits. Ein Weihnachtsmann mit einem kunstvoll gewellten Engelshaarbart hatte eben im Lustgarten inmitten der zum Teil noch geschlossenen Buden seinen prall gefüllten Sack abgestellt, als er plötzlich einen durchdringenden Schrei ausstieß, hintenüberfiel und wie von einem Magnet angezogen mitsamt seinem Sack unter der Plane eines Karussellzelts verschwand.
Keine halbe Minute darauf geschah einem anderen Weihnachtsmann, der durch seine großen, nach außen weisenden Plattfüße auffiel, ebenfalls ein Malheur. Er wollte an sich nur seinem Kollegen zu Hilfe eilen, doch auf einmal ragte aus einer noch nicht geöffneten Schießbude ein Gewehrlauf hervor, dessen Mündung eindeutig auf des Weihnachtsmanns Herzpartie wies. Der ließ zitternd seinen Sack fallen und hob die blautätowierten Hände empor. Zwei stolpernde Schritte, und es hatte ihn das Dunkel verschluckt, das im Innern der Schießbude herrschte, wo nach einer kurzen Lärmentfaltung verhältnismäßig schnell wieder Stille eintrat.
Nachdem dann, in sehr schneller Folge allerdings, noch einmal zwei Weihnachtsmänner von dem Fleck, auf dem sie sich eben mit ihren Säcken aufgebaut hatten, verschwanden, als ob sie

sich in Luft aufgelöst hätten, begann denn doch eine gewisse Unruhe auf dem Weihnachtsmarkt um sich zu greifen.
Aber da hatte sich Leo Ottos Montur schon übergestreift und tauchte auf der anderen Seite des Karussellzeltes, in dem Rudi Otto auf eines der Holzpferde band, wieder unter in dem Gedränge. Und dann war in der dämmrigen Schießbude auch Vater so weit. Er entschuldigte sich bei Mieke, der noch immer mit erhobenen Armen vor Emils und Ewalds Gewehrläufen stand, daß man gezwungen gewesen sei, in der Weihnachtszeit zu derart drakonischen Mitteln zu greifen, klappte seine Larve herunter, schulterte den Sack voll Wertheim-Spielwaren und schritt summend durch die draußen vorbeiflutende Menge davon.
Ich sah dann noch schnell mal nach Kutte und Ernst. Sie kamen gerade, ebenfalls wieder in ihrer zurückeroberten Weihnachtsmannkluft und die vor Diebesgut fast berstenden Säcke im Nakken, hinter einer Abnormitätenschaubude hervor, in der ein ohrenbetäubendes Gelächter ertönte.
»Miekes zwei Exweihnachtsmänner«, sagte Ernst und nickte mit der Bartspitze zu der Bude zurück. »Wir haben sie Rücken an Rücken zusammengebunden; sie treten da drin jetzt als siamesische Zwillinge auf.«
Soweit war also alles zufriedenstellend gelöst. Jetzt kam es nur noch darauf an, die Ware unbeschadet wieder zu Wertheim zu bringen. Denn uns auch mit Miekes übrigen Weihnachtsmännern einzulassen, wäre Leichtsinn gewesen. Zwar wußten sie, wie uns Otto gestanden hatte, von Miekes Extratour nichts, und man hätte sie daher vielleicht sogar gegen ihn aufwiegeln können. Aber ebensogut wäre ja auch möglich gewesen, daß man eine Schlägerei provozierte; und das durften wir uns, so hart am Ziel, nun wirklich am allerwenigsten leisten.
Wir hatten daher auch lieber unser Ausweichquartier, einen verlassenen Gemüsekeller unter der S-Bahn, bezogen; denn obendrein war ja auch denkbar, Otto wäre wieder bei Else erschienen, und wir wollten ihm gern den ihn gewiß schmerzenden Anblick des Wertheim-Spielzeugs ersparen. So saßen wir also für den Rest des Tages, alle paar Minuten das Rattern der S-Bahn über dem Kopf, frierend da unten im Keller und erzählten uns Geschichten, in denen summende Zentralheizungen und brechend gedeckte Tische vorkamen. Dann, als es endlich vom Rathaus her zehn schlug, machten wir uns auf den Weg.
Unsere vier Weihnachtsmänner, das heißt: Vater, Leo, Kutte und Ernst, gingen mit den Säcken voran. Sicher, sie hätten das Spielzeug auch in Zivil zurückbringen können. Aber wir fanden, einmal die Monturen gestohlen zu kriegen, genügte. Außerdem hätte uns ja auch ein Schutzmann begegnen können; und als Weihnachtsmann, meinte Vater, kam man mit einem prall ge-

Mieke stand immer noch da

füllten Sack auf dem Rücken an einem Polizisten noch am besten vorbei.
Und wir hatten auch Glück. Nur ein einziges Mal sah es brenzlig aus. Das war, als sich in der Finsternis, genau dort, wo das Hoftor sein mußte, pausenlos ein glühender Funke auf und nieder bewegte.
»Ein Zeichen!« flüsterte Vater, der sich die Maske unters Kinn gezerrt hatte, erregt.
Aber jetzt begann Ewald leise ›Morgen, Kinder, wird's was geben‹ zu pfeifen, und sofort wurde das Lied vor dem Hoftor auf der anderen Straßenseite weitergepfiffen; da wußten wir, daß es der rauchende Nachtwächter war, der dort stand.
Er umarmte jeden und zerrte uns rein und ließ erst mal eine Rumflasche kreisen. Dann schreckte vom Hof her eine Frauenstimme uns auf. Doch es war nur die Verkäuferin, die der Nachtwächter eingeweiht hatte.
Sie gab uns allen die Hand und sagte, ab morgen verdanke sie ihre Stellung bei Wertheim lediglich uns. Vater bot ihr den Arm, und wir stiegen in dem schräg einfallenden Mondlicht wieder zur Spielzeugabteilung empor.
Es war ein hartes Stück Arbeit, die Puppen, Baukästen, Stofftiere und Zwerge, die alle doch ziemlich rigoros in die Säcke gestopft worden waren, nun wieder verkaufswürdig herzurichten und serienweis in die Regale zu ordnen. Aber dann hatten wir endlich alles untergebracht und konnten ans Abzählen gehen.
Es fehlte nur ein einziges Stück, ein Stoffzwerg mit Glatze und freundlich schielendem Blick, was sich deshalb feststellen ließ, weil die restlichen neunundneunzig Stoffzwerge genauso aussahen. Wir zählten sie für alle Fälle noch mehrere Male; aber es änderte sich nichts an ihrem Bestand; höchstens, daß sie im Aussehen allmählich immer mehr Otto zu ähneln begannen.
Das ist bestimmt kein Zufall gewesen. Denn diese Nacht vom dreiundzwanzigsten auf den vierundzwanzigsten Dezember war seit seiner Entlassung aus dem Gefängnis die erste, die er nicht bei Else verbrachte. Es haben ihn eine ganze Menge Leute gesehen, so daß wir sein Alibi ziemlich lückenlos zusammenbekamen. Zur Wiedergutmachung des Schrecks, den er der Karussellbesitzerin eingejagt hatte, die einen gefesselt im Steigbügel hängenden Reiter vorfand, als sie ihre Holzpferde abstauben wollte, mußte er ihr, bis in den späten Abend hinein, auf dem laufenden Karussell die Kinder festhalten. Das schien ihn arg mitgenommen zu haben; jeder, der ihn sah, berichtete, Otto habe sich nur noch in Spiralen vorwärtsbewegt.
So sei er durch die Straßen geirrt und habe laut mit dem Himmel gehadert, den er für das Mißlingen eines Unternehmens verantwortlich machte, das glücklicherweise niemand näher zu bezeich-

nen vermochte. Nur, daß er für den erhofften Erlös gern Babywäsche und einen Kinderwagen gekauft hätte, sei deutlich herauszuhören gewesen.

Nun, wie es sich auch im einzelnen verhalten haben mag; entweder wollte der Himmel beweisen, daß es auch ohne Kinderwagen – und erst recht ohne einen mit so fragwürdig erworbenem Geld erstandenen – ginge, oder Else war der ganzen Aufregung eben einfach nicht mehr gewachsen gewesen. Jedenfalls geriet sie noch während der gleichen Nacht in die Wehen; und als wir Otto dann endlich bei Aschinger fanden, wo er, einer lieben alten Gewohnheit folgend, die Aschenbecher nach Zigarettenresten durchforschte, da war das Kind schon geboren.

Im Pförtnerhaus auf dem Packhof von Wertheim geschah aber auch ein Wunder an diesem Vormittag. Dort standen, um sich zum letztenmal ihre Säcke mit Werbeartikeln füllen zu lassen, einander zwei tödlich verfeindete Weihnachtsmanntrupps gegenüber, zugleich allerdings auch zwei hervorragend disziplinierte, denn nicht einmal der Pförtner schöpfte Verdacht.

Es war ausgemacht worden, unsere vier Weihnachtsmänner sollten heute so eng zusammenhalten, daß noch nicht einmal Passanten sie zu trennen vermöchten. Außerdem hatten wir Unverkleideten – das waren Emil, Ewald, Rudi und ich – von Vater den Auftrag erhalten, die vier feindlichen Weihnachtsmänner nicht eine Sekunde aus den Augen zu lassen. Nämlich um zwei, hatte der Abteilungsleiter gesagt, sollte Vater kommen und für sich und seine Leute die Löhnung empfangen. Da hieß es achtgeben, daß die andern uns nichts verdarben.

Jetzt ergab es sich allerdings, Mieke war von einem ganz ähnlichen Prinzip ausgegangen. Denn kaum hatten die beiden feindlichen Trupps Stirn an Stirn zur Straße hin das Hoftor durchschritten, da schlossen nicht nur wir restlichen vier uns Miekes Weihnachtsmännern, sondern auch dieser mit seinen restlichen zweien sich den unsrigen an. Weil Mieke (aus durchaus verständlichen Gründen) obendrein aber auch noch darauf gedrungen zu haben schien, daß seine Weihnachtsmanntruppe sich nicht von ihm trennte, kam nun gewissermaßen eine Art festgefügter Kader zustande, innerhalb dessen es nicht ausbleiben konnte, daß man Gleichschritt aufnehmen mußte; so dicht auf Tuchfühlung, wie wir liefen, wäre sonst einer dem andern in die Hacken getreten. Hinzu kam, daß die Unverkleideten unter uns ja nicht nur ernst und besorgt, sondern – was zum Beispiel Mieke betraf – geradezu haßerfüllt blickten. Bezieht man ferner die roten Mützen und Mäntel der Weihnachtsmänner mit ein, so wird der Irrtum der vielen Arbeitslosen verständlich, die sich uns, in der Hoffnung, wir hätten politisch was vor, auf dem Weg zum Weihnachtsmarkt ständig anzuschließen versuchten.

Es hatte wieder in dicken Flocken zu schneien begonnen; das machte es zwar ganz weihnachtlich auf dem Lustgarten zwischen den Buden, aber da die Mäntel der meisten von uns auf der Pfandleihe lagen, überwogen Zittern und Frieren bei weitem. Normalerweise hätte einem vielleicht das Verteilen der Werbeartikel ein wenig erwärmt, da jedoch das Mißtrauen uns auch weiterhin aneinanderkettete, wagte natürlich kein Kind sich heran, und sobald einer von unsern oder von Miekes Weihnachtsmännern sich selber einem Kind zu nähern versuchte, sah dieses sich sofort auch von etlichen finster dreinschauenden Männern umringt, was seitens der schreiend herbeistürzenden Mütter oft zu den übelsten Rückschlüssen führte. Kurz, die Zusammenarbeit mit Mieke und seinen Leuten war miserabel.
Da hatte Vater eine ausgefallene Idee: Er appellierte an Miekes Verstand. Auch einander feindlich gesonnene Regierungen, sagte er, arbeiteten doch auf gemeinsamen Interessengebieten zusammen. Oder Mieke solle nur einmal an diese ergreifende Geschichte denken, wo englische und deutsche Weltkriegssoldaten gemeinsam den Heiligen Abend begingen, und hinterher dann hätten beide Parteien wieder ordentlich, wie sich's gehörte, aufeinander geschossen.
Lag es nun an Vaters Weihnachtsmannkluft oder daran, daß Mieke Verstandesargumenten plötzlich *wirklich* zugänglich war; jedenfalls einigte man sich, daß wir Unverkleideten im Hintergrund blieben, und die acht Weihnachtsmänner ihre Werbeartikel gemeinsam verteilten.
Das mutete den Kenner nun allerdings recht merkwürdig an, sowohl unsere als auch Miekes Weihnachtsmänner sich jetzt leutselig zu den Kindern hinabbeugen zu sehen. Immerhin: es war möglich.
Wenn auch nicht allzu lange; denn je mehr es auf zwei Uhr zuging, desto häufiger geschah es, daß die beiden feindlichen Trupps die Kinder einander abzujagen begannen, oder daß einer den andern wegstieß oder gar jemand handgreiflich wurde.
Zwischen Mieke und uns, die wir zu den Unverkleideten zählten, kam es zu ganz ähnlichen Szenen; nur daß sich hier alles mehr auf direktem Wege entlud.
Einmal, als ich vor Miekes blitzschnell geballten Fäusten etwas zu weit vorgeprescht war, stieß ich unvermutet mit Vater zusammen, der in seiner Montur vor einem kleinen Mädchen hockte, das sich nicht entscheiden konnte, sollte es den Taschenspiegel nehmen oder die Radiergummimaus.
»Paßt ausgezeichnet«, sagte er leise. »Greif mal unauffällig in meine Tasche.«
Ich tat es verdutzt. Ein Zettel war drin.
»Der ist für Frieda bestimmt. Du gibst ihn ihr mit dem Geld.«

»Hör mal«, sagte ich, »mit was denn für 'm Geld.«
»Das ich dir zusteck nachher.«
Das kleine Mädchen vor Vater sah ihn, zwischen ihren Zöpfen hervor, argwöhnisch an.
»Wähl nur in Ruhe, mein Kleines«, säuselte er; und mich schnauzte er an: »Oder denkst du vielleicht, ich laß es mir von Mieke abnehmen?«
Nein, das dachte ich nicht. Aber etwas anderes befürchtete ich. Und genau das traf dann auch ein. Kaum nämlich waren, so gegen halb zwei etwa, die Säcke der Weihnachtsmänner endlich geleert und diese wieder zu gesammelt blickenden Zivilisten geworden, in deren Ausstattung lediglich noch die roten Bündel, die sie unter dem Arm trugen, an die gefährliche Beschäftigung gemahnten, die sie ausgeübt hatten, die klatschte Mieke in die Hände und rief:
»Hopp, hopp, Jungs! Abmarsch zum Löhnungsempfang!«
»Moment mal«, sagte Vater. »Ihr wollt doch wohl nicht etwa auch noch alle zum Abteilungsleiter mit rein?!«

Doch: eben das war Miekes satanischer Plan.
Zwar versuchte Vater während des Rückwegs, auf dem wir womöglich noch gedrängter, und noch schneller als auf dem Herweg marschierten, mehrfach im weihnachtlichen Gedränge der Rathausstraße unterzutauchen, um so vielleicht doch noch einen Vorsprung zu kriegen; aber jedesmal bekam ihn Mieke oder einer von dessen Leuten zu fassen und zerrte ihn wieder in unseren Marschkader zurück.
Schwierig war auch, nachdem wir beim Pförtner die Monturen abgegeben hatten, in unserer Stärke von fünfzehn Mann zur Spielwarenabteilung hinaufzugelangen. Auf der Treppe warfen sich uns zwei Hausdetektive entgegen, und es sah schon so aus, als sei Miekes Einbruch nun doch rausgekommen. Aber es schien nur die verbissene Art unseres Auftretens zu sein, was die Herren zu ihrem Einsatz bewog. Als Vater ihnen den Grund unseres Kommens erklärt hatte, traten sie zögernd beiseite und ließen uns durch.
»Ich hoffe«, sagte Vater zu Mieke, während wir im dritten Stock dann die Spielzeugabteilung betraten, »es ist dir aufgefallen, daß keiner von uns dich verpfiffen hat eben.«
Mieke antwortete nicht. Er starrte verbissen zu den wieder gefüllten Regalen hinüber.
»Hübsch, die Stoffzwerge da«, sagte Leo zu ihm; »findeste nich?«
Uns, die wir mit ihr gearbeitet hatten, begrüßte dann erst die Verkäuferin noch. Darauf räusperte Vater sich anhaltend, trat vor die Tür des Abteilungsleiters und klopfte dezent.
»Was ist?« schnarrte es drin.

Einer hinter dem andern, schoben wir uns, fünfzehn Mann hoch, hinein.
Der Abteilungsleiter merkte es erst gar nicht. Er saß in seinem dunklen Anzug inmitten der hundert und aberhundert deckellosen Kartons mit den nackten, lächelnden Puppen darin und war ins Feilen seiner Fingernägel vertieft. Ein Bündel sacht schaukelnder Weihnachtskugeln hing über ihm, ihr Glanz spiegelte sich auf seinem pomadisierten Hinterkopf wider.
»Tja, also da wären wir dann«, sagte Vater und hustete künstlich. Der Abteilungsleiter feilte erst konzentriert den Nagel des kleinen Fingers zu Ende. Dann hob er langsam das Kinn und sah uns leer und aufmerksam an.
»Bekannte –«, sagte Vater etwas zu schnell und wies mit einer vagen Handbewegung zu Mieke hinüber.
Die hochsitzenden Brauen des Abteilungsleiters bewegten sich noch etwas höher hinauf. »Aha«, machte er.
»Was heißt hier ›Bekannte‹«, sagte Mieke gereizt; »er meint: ›Arbeitskollegen‹.«
»So, so«, sagte der Abteilungsleiter und schnippte einer der Puppen ein Stäubchen vom Nabel.
Vater fing an, unruhig zu werden, seine Schnurrbartenden zuckten erregt. »Immerhin«, sagte er hastig, »wurden alle Artikel, Ihren Wünschen entsprechend, verteilt.«
»Bloß nich von denen«, sagte Mieke, »sondern zu allererst mal von uns.«
Es schneite jetzt stärker. Der Abteilungsleiter saß mit dem Rükken zum Fenster; die flaumigen Schneeflocken schwebten dicht hinter seiner Stuhllehne nieder; es sah aus, als sei der Abteilungsleiter in den Himmel entrückt.
»So, so«, sagte er. Er schloß, uns ständig im Auge behaltend dabei, eine Stahlkassette auf und nahm einige Scheine und etwas Kleingeld heraus. »*Sie* haben unterschrieben«, sagte er zu Vater und gab ihm das Geld. Der spuckte darauf und ließ es in der Tasche verschwinden.
»Momentchen mal eben.« Auf Miekes blautätowierten Fäusten traten weißlich die Knöchel hervor. »Und wo bleiben *wir*?!«
»Machen Sie das unter sich ab«, sagte der Abteilungsleiter und hielt die gespreizte Hand vor sich hin und kontrollierte, ob die Nägel auch blank genug seien. »Wenn ich acht Weihnachtsmänner bestelle, kann ich nicht fünfzehn bezahlen.«
»Sehr richtig«, echoten Vater und seine Freunde.
»Na, also, soviel steht fest«, knirschte Mieke, »der Fall wird aufgerollt; klar?«
»Rollen Sie, soviel Sie wollen«, sagte der Abteilungsleiter. »Nur bitte nicht hier.«
»Kann er haben.« Mieke drängte zur Tür. »Los, Jungs. Jetzt geht's um die Wurst.«

Sich die Handgelenke aus den Jackettärmeln reckend, folgten seine Leute ihm nach.
»Wenn ihr's schon darauf ankommen lassen wollt«, sagte Vater draußen und nahm mich beim Kragen, und ich merkte, wie er mir dabei die Geldscheine in den Hemdausschnitt schob, »dann habt an einem Tag wie dem heutigen wenigstens vor der Unschuld dieses Jungen Respekt.«
»Der kann abhaun«, sagte Mieke verächtlich.
Nein, leicht fiel es mir nicht, mich ausgerechnet jetzt von Vater und seinen Freunden zu trennen. Aber ich sah ein: es ging um das Geld.

Die Universum-Lichtspiele hatten heute geschlossen. Frieda war oben auf ihrem Zimmer. Sie saß in der alten zerbeulten Trainingsjacke am Tisch und sah durch den Zigarettenrauch in die fallenden Schneeflocken raus.
»Scheißfest«, sagte sie mürrisch. »Würd lieber was tun.«
»Nanu«, sagte ich; »aber braucht dich denn Else nicht mehr, wo das Baby jetzt da ist?«
»Die ist größenwahnsinnig geworden«, sagte Frieda. »Redet's dauernd bloß mit ›mein Christkindlein‹ an und so. Na, und dann gluckt ja auch Otto jetzt bei ihr rum.«
»Um so besser. Glaub nämlich, daß Vater dich im Augenblick nötiger hat. Hier.« Und ich legte den Zettel und das Geld vor sie hin.
»Typisch«, sagte sie, als sie die Nachricht gelesen hatte. »Und *er* dreht mal wieder die Daumen solange.«
»Dürft schlecht gehn«, sagte ich. »Dazu ist ihm Mieke zu dicht auf den Fersen.«
Frieda sprang auf. »Er ist hinter ihm her?!«
»Nicht nur er«, sagte ich. »Alle von ihm. Alle von ihm hinter allen von uns.«
»Das fehlt.« Sie stülpte sich die Baskenmütze auf und riß den Mantel vom Haken. »Dann macht er's auf *die* Tour.«
»*Was?*« fragte ich.
»Na, sie mitzubringen«, sagte sie ungeduldig. »Albert will doch, sie sollen sich heute alle mit'nander vertragen!«
Es war, glaube ich, das erste Mal, daß ich Sorge hatte um Vaters Verstand. »Was denn – hat *das* auf dem Zettel gestanden?!«
»Quatsch jetzt nicht«, sagte Frieda. »Hör lieber zu. Du rennst sofort zur Schützenstraße und sagst dem Fuwel Bescheid. Er soll zum Konsum kommen. Aber fix. Ich lauf schon vor; sonst machen die zu.«
Fuwel war unten auf der Baustelle damit beschäftigt, aus den Gerüstbalken Brennholz zu hacken. Mit seiner Frisur war, in dem Schneetreiben jetzt, nicht mehr viel los, man sah nun, daß es keine Naturlocken waren. Auf das Stichwort ›Konsum‹ hin

Frieda war oben

allerdings versuchte er die ihm spießhaft vom Kopf abstehenden Strähnen in den Nacken zu werfen und fragte schluckend, ob das etwa heiße, daß es was Eßbares gäbe.
»Sieht beinah so aus«, sagte ich.
Da brachte Fuwel das Beil weg, und dann rannten wir los.
Es fing schon an, schummrig zu werden, und überall gingen die Laternen an, und man erkannte jetzt nicht nur die niedersinkenden Flocken um sie herum, sondern auch ihre Schatten, die mit ihnen schwebten. Ich strengte mich an, mir vorzustellen, daß Heiligabend sei; es gelang aber nicht so richtig im Rennen; denn dauernd wurde das Glockenläuten von der Georgenkirche herüber durch das Gluckern in unsern Bäuchen verdeckt. Und dann hatte ich auch, was Mieke betraf, kein gutes Gefühl.
Nicht ganz zu Unrecht. Wir wollten eben in die Grenadierstraße abbiegen, da blieb Fuwel stehn und hob mich keuchend vor einem schwach erleuchteten Kneipenfenster empor.

»Kuck mal da rein.«
Es handelte sich um den Schankraum. Die Lampe war abgedunkelt; aber man erkannte genug. Vaters Freunde standen da drin, mit erhobenen Händen, Gesichter zur Wand. Der Wirt hinter der Theke hatte die Arme verschränkt und sah Miekes Leuten zu. Die tasteten fiebrig am Vater herum, der, ebenfalls mit erhobenen Händen, genau im Lichtkreis der Lampe stand. Mieke saß rittlings auf einem Stuhl; er warf lässig einen Revolver hoch, ließ ihn sich überschlagen und fing ihn dann wieder.
Fuwel zitterte, er mußte mich absetzen. Er murmelte was von ›Frieda nicht enttäuschen‹, und schon war er weg.
Einen Augenblick lang wußte ich nicht, was ich anfangen sollte. Aber auch nur einen Augenblick. Dann riß ich die Kneipentür auf und schrie:
»Polizei!«
Es dauerte knapp eine halbe Minute, da saßen Vater und seine Freunde und Mieke und seine Leute, auf harmlose Gäste mimend, rings an den Tischen, und der Wirt hatte die Pistole, die Mieke ihm zuwarf, hinter der Theke verschlossen.
»Gott sei Dank«, sagte ich und schloß die Tür hinter mir; »die zwei Schupos sind die Münzstraße lang weitergegangen.«
Vater kniff unauffällig ein Auge zusammen und nickte mir zu.
»Dich schützt der Himmel«, sagte er zu Mieke gewandt. »Bewaffneter Raubüberfall, das wär euch übel bekommen. Los, gib die sechzig Pfennig wieder her, die du mir abgeknöpft hast.«
Zähneknirschend legte Mieke sie auf den Tisch.
»Dein erstes Taschengeld«, sagte Vater zu mir. »Nimm es als Weihnachtsgeschenk und überleg dir gut, was du dir dafür kaufst.«
»Ich stift's für das Baby«, sagte ich fest.
»Was denn –« Mieke fuhr zu mir herum: »Es ist schon gekommen?!«
Vater nickte. »Heute morgen um sechs.« Er blickte Mieke durchdringend an. »Ein Christkind, wenn du so willst.«
»Verdammt«, sagte Mieke. Er zog schnüffelnd die Nase hoch und sah starr vor sich hin.
»Mensch, Boß«, sagte einer seiner Leute, ein gewisser Kudoke; »werd jetzt bloß nich auch noch sentimental.«
»Schnauze.« Mieke drehte sich kopfschüttelnd zu Vater um. »Unsern Zaster einfach beiseite zu schaffen –! Wenn du doch bloß nicht so'n Stuppen wärst, Albert.«
»Noch so 'n Wort«, sagte Ewald und ließ seine Faust mit dem Schlagring auf die Tischplatte krachen, »und ich vergeß meine gute Erziehung.«
»Vorsicht mit 'm Mobilar«, sagte der Wirt, und hatte auf einmal wieder seinen Revolver neben sich liegen. »Alles Eigentum vom Ringverein Mitte. Doch wohl klar, was das heißt.«

»Es weihnachtet«, sagte Vater berechnend. »Wenn ihr mal einen Augenblick Ruhe gebt, hört ihr von der Georgenkirche rüber die Glocken.«
Ja, man konnte sie deutlich vernehmen. Ein wenig seltsam war nur, dabei in all die finsteren und unrasierten Gesichter zu blicken.
»Wenn euch an weiter nischt liegt«, sagte der Wirt und schob sich mit dem Revolverlauf den Mützenschirm aus der Stirn, »würd ich sagen, ihr hört euch das Gebimmel *draußen* an, statt mir hier drin auf 'n Wecker zu fallen.«
»Sauerei von dir«, sagte Mieke, während wir rausgingen; »'n Vereinskollegen heute wie 'n Hund auf die Straße zu schicken.«
»Idiot«, sagte der Wirt. »Kann ich mehr tun, als dir meine Kanone zu pumpen? Doch nich meine Schuld, wenn du dich so dußlig anstellst.«
Es war zu spät, ihm noch etwas zu sagen; hinter dem letzten von Miekes Leuten rasselte schon der Roll-Laden runter.
Eine Weile standen wir in dem dick fallenden Schnee ratlos um einander herum. Wir hatten uns alle die Jackettkragen hochgeschlagen und die Hände tief in den Hosentaschen vergraben; keiner sah den andern an.
»Tja –«, sagte Vater schließlich; »da wären wir also wieder alle zusammen.«
»Du hast 'n Fehler gemacht, Albert.« Mieke rieb fröstelnd ein Bein am andern. »Hättste von dem Geld, statt's beiseite zu schaffen, 'n paar Lagen geschmissen, wär dir das eben bestimmt nich passiert. Gegenteil: Wir hätten den Abend im Warmen gesessen.«
Vater hörte einen Augenblick auf, an seinen Schnurrbartenden zu nagen.
»Mach euch einen anderen Vorschlag: Wir könnten 's Christkind ja mal besuchen.«
»Der will uns auf 'n Arm nehmen, Boß.« Kudoke zerrte wütend an seinem schnürsenkeldünnen Kunstseidenschal.
»Denk gar nicht dran«, sagte Vater schnell, denn seine Freunde und Miekes Leute taxierten einander schon wieder. »Ihr wißt doch, ich hab das Baby von Else gemeint.«
»Biste verrückt!« zischte Leo. »Dann haben wir die Brüder doch die ganze Nacht auf 'm Hals!«
»›Brüder‹«, sagte Vater gedehnt, »würde ich an diesem Abend getrost mal ohne eine so abfällige Betonung gebrauchen. Mieke, was ist; kommt ihr mit?«
Mieke stritt sich erst eine Zeitlang mit seinen Leuten herum, und es waren auch ein paarmal so Ausdrücke wie ›Heilsarmeetick‹, ›Tränendrüsenmassage‹ und ›Rührseligkeitsapostel‹ zu hören. Aber dann einigten sie sich anscheinend wohl doch. Zwar zeigte sich keiner direkt begeistert, doch Mieke sagte schließlich:

»Gut, is geritzt«; und zum erstenmal wieder in etwas gelockerter Form gingen wir los.

Es war jetzt ganz still in der Stadt; denn Autos fuhren kaum mehr, und der stetig fallende Schnee saugte längst jedes Schrittgeräusch weg; nur das Quietschen der Elektrischen, die Neue König-/Ecke Alexanderstraße um die Kurve bog, drang noch manchmal zu uns herüber.
Ich hatte zu große Angst, einen brennenden Weihnachtsbaum zu entdecken; deshalb vermied ich es, in die Fenster zu blicken; mir war nicht ganz klar, ob man es geschafft hätte, das Würgen in der Kehle dann runterzuschlucken; und heulen, das fehlte jetzt gerade noch.
Vater schien so etwas zu ahnen. Er hatte mich an der Hand genommen, und als wir am Bauzaun angelangt waren und uns durch das Loch hindurchzwängten, flüsterte er:
»Versuch, dich noch einen Augenblick zusammenzunehmen. Wenn alles geklappt hat und meine Berechnungen stimmen, bringen wir vielleicht doch noch so was wie einen Heiligen Abend zustande.«
»Schön *wär's*«, sagte ich heiser.
Im selben Moment ertönte auf dem Bauplatz vor uns ein Pfiff, den der Kenner unbedenklich Otto zuschreiben konnte, und gleich darauf sah man auch eine dunkle Gestalt im Schwarz des Treppenhauses verschwinden.
»Sieht verdammt nach 'ner Falle aus«, zischte Kudoke und zerrte an seinem Schnürsenkel von Kunstseidenschal.
»Wenn dieser Hauseingang eine Falle ist«, sagte Vater, »dann ist der Stall damals auch eine gewesen.«
»Läster nich«, sagte da Mieke überraschenderweise.
Wir balancierten an den Rändern der ausbetonierten Keller des Nachbarneubaus entlang, dann kletterten wir über die Gerüsthaufen weg und schoben uns – jetzt in der Finsternis vor gegenseitigem Mißtrauen wieder dicht wie ein Bündel Radieschen zusammengedrängt – in den Hausflur hinein.
»Ruhig mal –!« sagte Mieke da plötzlich und hielt Vater und mich, die wir vorangingen, am Rockkragen fest.
Wir lauschten gespannt.
Oben waren zwei leidlich wohlklingende Männerstimmen zu hören; sie sangen ›Vom Himmel hoch, da komm ich her‹, und eine Mundharmonika spielte leise dazu.
»Otto und der Frisör Fuwel«, sagte Vater übertrieben verzückt. »Die Musik, das ist der Baustellenwächter.«
Von oben schoß jetzt blitzhaft ein blendender Lichtstrahl auf uns hernieder; Mieke zog unwillkürlich den Kopf zwischen die Schultern; er stöhnte.
»Nett, daß ihr *alle* kommt«, sagte Frieda in der hallenden Leere

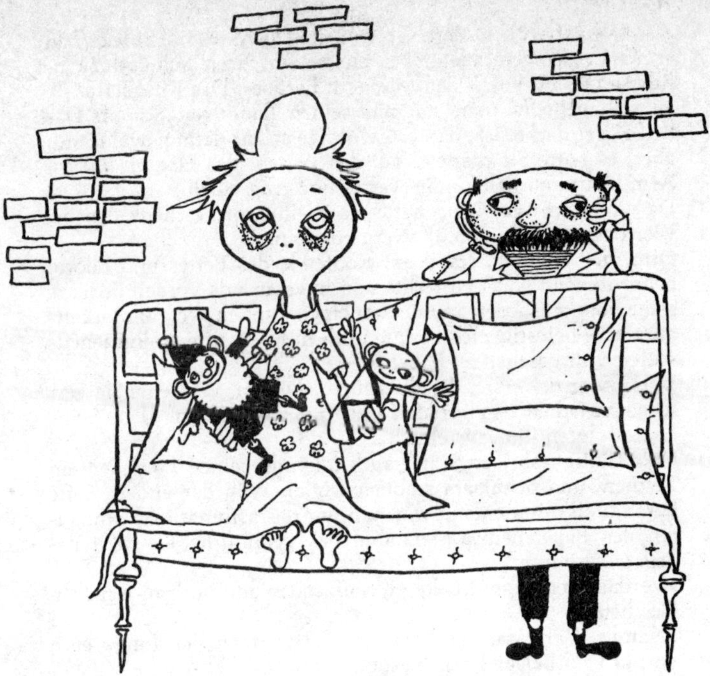

Sie starrte entgeistert herüber

des unverputzten Treppenhauses mit donnernder Stimme und ließ den Lichtkegel ihrer Taschenlampe wie absichtslos auch über sich selber hingleiten, so daß jeder beim Raufkommen sah, sie hatte ihren Bubikopf zur Feier des Tages mit der Platzanweiserinnenhaube gekrönt, die ihr wirklich hervorragend stand.
Wir warteten erst, bis sie hinter der vorm Eingang hängenden Decke fertig waren mit ihrem Lied, dann ließ Frieda uns ein.
Was ich sah, übertraf meine Hoffnungen weit.
Im Teertonnenofen knisterte harziges Holz; das glühende Blech tauchte den roh gemauerten Raum in ein warmes, rötliches Licht. Zwei riesige Türen hatten, jede auf vier Backsteinstützen gelegt, eine lange Tafel ergeben. Dem Baustellenwächter war es sogar gelungen, so etwas wie ein paar Bänke zusammenzuzimmern. Es ließen sich neunzehn Plätze ausmachen, man konnte es an den neunzehn Konsumkommißbroten und an den neunzehn Wurst- und Margarineportionen erkennen. Sogar für Schnaps hatte das Geld noch gereicht, zwei Mann bekamen eine Flasche zusammen; ich fiel ja leider noch aus.

Else saß aufrecht im Bett. Obwohl sie eigentlich mit Mieke und seinen Leuten gerechnet haben mußte, starrte sie nun doch ziemlich entgeistert zu all den Männern herüber. Das Kind hatte sie an sich gepreßt, man sah nur seinen flaumigen Schopf. Das heißt, erst dachte ich, daß es Zwillinge seien; dann gewahrte ich aber, es hatte Schaftstiefel an, das Wesen, das Else im *andern* Arm hielt, und kahlköpfig war es und trug einen Bart.
Da wußte ich, das Kind hatte als Weihnachtsgeschenk den bei Wertheim fehlenden Stoffzwerg erhalten.
Otto, der Spender, stand am Kopfende des Bettes und blickte beunruhigend gelassen rechts und links an uns vorbei. Er hatte seine Sonntagshosen an und sich einen Tannenzweig im Jackettaufschlag befestigt. Ich konnte mich nicht entsinnen, ihn jemals so feierlich gesehen zu haben.
Mieke war der erste, der die Mütze abnahm; er drehte sie verlegen zwischen den Händen und trat zögernd ans Bett. Seine Leute folgten ihm hüstelnd.
Unauffällig gab jetzt Vater auch mir und seinen Freunden ein Zeichen, und behutsam schoben wir uns von der andern Seite heran, und minutenlang war nun nur das asthmatische Schnaufen des Baustellenwächters und das gemütliche Knistern des Feuers zu hören.
»Verdammt«, sagte Mieke da seufzend; »und noch nich mal 'n Geschenk.«
»Nanu«, Vater tat sehr erstaunt. »Hat denn der Junge euch vorhin kein Beispiel gegeben?«
»'n Beispiel —?« Mit einer Mischung aus Mißmut und Scheinheiligkeit sah Mieke auf mich herab.
»Ein Beispiel«, nickte Vater; »ganz recht. Du brauchtest jetzt nur deine Mütze aufs Fußende des Bettes zu legen, und er wiederholt's.«
Mieke rührte sich nicht.
»Schön«, sagte Vater; »nehm ich meine.« Er legte die umgedrehte Mütze aufs Bett und winkte mich ran. »Sei so nett, Bruno.«
Ich warf die sechzig Pfennig hinein und sagte was Freundliches zu Else dabei.
Vater rieb sich die Hände; ein wenig zu früh, wie mir schien. »So«, sagte er; »Mieke, jetzt ihr.«
»Hör mal«, keuchte Mieke, »du hast wohl vergessen, unsre Moneten habt *ihr*.«
»Ach nee«, sagte da eine schneidende Stimme.
Es war Frieda gewesen. Sie stand abseits mit dem Rücken zum Fenster, so daß sich die beiden schmalen, doppelt gelegten Dekken davor wie ein großes, aus Friedas Schultern wachsendes Flügelpaar im Zugwind bewegten. »Und das Geld, daß ihr den Kindern abgeluchst habt für diese elenden Werbeartikel —: was ist mit *dem*?«

Mieke starrte finster das Baby an. »Wär's doch bloß nicht ausgerechnet heute gekommen!«
»Na, *meine* Schuld«, sagte Else schwach, »ist's bestimmt nicht.«
Otto räusperte sich. »Es hat sich herbeigelassen zu kommen, weil Weihnachten ist.«
»Mieke —!« rief Vater beschwörend.
»Mensch, laß dich bloß nich rumkriegen, Boß!« Kudoke zerrte erregt an seinem Kunstseidenschal.
»Klappe«, ächzte Mieke gepreßt.
»Gut«, sagte Vater, und seine Stimme stieg unmerklich an. »Ich stelle also folgendes fest: Erst Hunderte von Kindern betrogen, dann diesem hier den Vorwurf gemacht, daß es zum Heiligen Abend erschien. Noch einen Schritt weiter, und wir sind wieder bei diesem Herodes.«
»Du hast 'ne schreckliche Art, einem 'n sauer erworbenen Nebenverdienst zu vermiesen.« Miekes blautätowierte Rechte fuhr in die Hosentasche und scheffelte zwei überlaufende Hände voll Groschen in Vaters Mütze hinein. »Aber wehe«, sagte er zu seinen Leuten gewandt, »'s drückt sich jetzt einer von euch!«
Wenn jemals eine Ermahnung unnötig gewesen sein sollte, dann diese bestimmt nicht. Immer wieder trat der vorderste von Miekes Leuten mit ein paar vagen Höflichkeitsfloskeln hinter die andern zurück; und da diese es sofort wieder ebenso machten, war Miekes Mannschaft im Nu bis zur Tür retiriert. Aber nicht lange; denn als einziger spendabel sein, das wollte Mieke nun auch wieder nicht.
»Ich zähl bis drei«, sagte er drohend. »Wer dann nicht rankommt, der wird gestrichen.«
»Weihnachten soll das sein?« fragte Kudoke verächtlich; »das is der Schandtag unsrer Beraubung.«
»Eins —« sagte Mieke gedehnt.
Widerstrebend kamen sie, einer hinter dem andern, heran.
»Zwei«, sagte Mieke hart und präzise.
Mit mahlenden Kaumuskeln ließ da jeder von ihnen die unrechtmäßig erworbene Groschenflut aus der Hosentasche in Vaters Schildmütze gleiten.
Mieke hatte eben die Zähne entblößt, um möglichst wirkungsvoll ›drei‹ kommandieren zu können, da trat noch der Exfrisör Fuwel an die Mütze heran.
Er habe die Werbeartikel ja auch einen Tag lang verkauft. Und er schüttete ebenfalls eine knappe Handvoll Groschen in die Mütze hinein.
»Drei!« keuchte Mieke.
Wir atmeten auf.
Zu früh aber beinah anscheinend. Denn schon fingen Miekes Leute wieder an, die Fäuste zu ballen und Vater und seine Freunde mit provozierenden Blicken zu messen.

Doch da hob der Baustellenwächter die Harmonika an den Mund. Ein Akkord, daß einem das Herz dahinzuschmelzen drohte; dann leitete er kunstvoll in ›Stille Nacht‹ über.
Das war nun allerdings eine arge Verlockung.
Zuerst zwar preßten Miekes Männer standhaft die Lippen zusammen. Aber als dann nicht nur Vater und seine Freunde, sondern auch wieder Otto und der Exfrisör Fuwel mitsangen, und schließlich sogar Mieke seinen überraschend reinen Tenor zur Decke hin aufsteigen ließ, und selbst Else dann einfiel (was man allerdings nur an ihrem offenen Munde erkannte), da begannen auch unsern Widersachern die Münder zu zucken, und nicht lange, und sie begleiteten uns mit den zartesten, den melodiösesten Stimmen.
Nur Frieda blieb stumm. Sie stand noch immer abseits am Fenster. Ihre Platzanweiserinnenhaube mit der Aufschrift ›Universum-Lichtspiele‹ war ihr ein wenig in die Stirne gerutscht. Bohrend blickte sie unter der Kante hervor zu Vater hinüber, auf dessen Gesicht, in dem der Schnurrbart sich beim Singen auf und nieder bewegte, verklärend der kupferne Abglanz der Groschenflut lag.

Ottilie und ich

Ottilie war eine Etappennatur. In ihrer Jungmädchenzeit war sie unternehmungslustig und, wenn man dem Bild im Familienalbum trauen durfte, relativ hübsch gewesen, in ihrer ersten Ehe farblos und verstockt, in ihrer zweiten launisch und herrschsüchtig; nach dem Tode ihres Ersten wurde sie melancholisch, nach dem Tode ihres Zweiten gelassen, und schließlich mauserte sie sich zur resoluten alten Dame schlechthin.
Als sie in dieses Stadium getreten war, hatte ich die Ehre, ihr als Enkel vorgestellt zu werden. Ich war damals drei Tage alt und habe die Einzelheiten dieser Vorstellung natürlich nicht mehr alle parat, aber auf einem meiner ersten Bewußtseinsfotos aus dieser Zeit (ich muß es aus dem Kinderwagen oder aus der Wiege heraus aufgenommen haben, denn es ist mit durchbrochener Spitze gerahmt) sieht man sich Ottilie unter einem gewaltigen Storchnest von Hut und ein klein wenig skeptisch und maliziös durch ihr Pincenez zwinkernd, bereits recht deutlich ins Bild beugen.
Ihre Lippen sind immer noch voll, die Wangen allerdings erinnern schon lebhaft an die Backentaschen des Hamsters, mit dessen übertriebener Vorratssorge ja Ottilie auch sonst einige Ähnlichkeit hatte, und auf der Stirn gar haben die Krallen der Schicksalskrähen ein wahres Labyrinth hinterlassen. Das Interessanteste an Ottilies Gesicht waren jedoch ihre Augen. Zwan-

zig Jahre lang habe ich den wäßrigen Schmelz in ihnen für Ironie gehalten; dann erst bekam ich heraus, es war Trauer. Ich weiß nicht, ob das sehr weit verbreitet ist: ständig zu lächeln, als sei man über alles auf dieser Welt amüsiert, und in Wirklichkeit steckt Bestürzung dahinter; Ottilie jedenfalls lächelte so.

Noch aufregender als ihr Blick ist aber damals für mich, wenn ich ehrlich sein soll, immer der Augenblick gewesen, wo Ottilies Hörrohr in Aktion trat. Nie werde ich dieses Prickeln vergessen, das mir über den Rücken lief, wenn wir, eine nicht abzusehende Menschenschlange hinter uns, vor der Kinokasse standen, und Ottilie, die es jedesmal ganz genau wissen mußte, ob sich der Film für mich, der ich damals neun Jahre alt war, auch tatsächlich eigne, nach der drohenden Ankündigung: »Ich bin nämlich ein bißchen schwerhörig«, lächelnd ihre riesige schwarze Handtasche nach dem Hörrohr zu durchwühlen begann.

Ottilie war die Ordnungsliebe in Person; nach einem Blick in ihre Handtasche wäre man allerdings eher geneigt gewesen, das Gegenteil anzunehmen. Ich glaube, ihre Zimmer waren lediglich deshalb immer so ordentlich, weil Ottilie alles, was Unordnung hätte hervorrufen können, rigoros in ihre Handtasche stopfte. Diese Schätze (Haarnadeln, Pillenkästchen, geknotete Schnürsenkel, zerbrochene Kämme, Sicherheitsnadeln, zerknitterte Briefumschläge, Arzneifläschchen, unzählige Schlüssel) baute sie jetzt vor der hörbar nach Luft ringenden Kassiererin auf, bis in irgendeinem unvermuteten Abgrund der Handtasche das Hörrohr freigelegt war.

»Siehst du«, sagte Ottilie dann jedesmal triumphierend, »ich wußte doch, daß ich's mithatte.«

Sie wischte das übrige Zeugs mit einer großzügigen Handbewegung wieder ins schwärzlich gähnende Schnappmaul der Tasche, zog das Hörrohr auseinander, so daß die Kassiererin, die offenbar glaubte, es mit einer Schußwaffe zu tun zu haben, entsetzt zurückfuhr, und wiederholte freundlich, wenn auch bestimmt, ihre Frage, ob sich der Film für einen sittsam erzogenen Neunjährigen denn auch tatsächlich eigne.

Indessen hatte der Groll der sich hinter uns krümmenden Menschenschlange immer beunruhigendere Ausmaße angenommen. Wenn wir dann schließlich mit den Karten an der endlosen Palisade erboster Gesichter vorbeidefilierten, war jedoch nur ich es, der zitternd den Kopf zwischen die Schultern zog. Ottilie schritt aufrecht einher; sie lächelte versonnen und, wie mir schien, ein klein wenig ironisch und maliziös vor sich hin.

Natürlich war diese Haltung hauptsächlich auf ihre Schwerhörigkeit zurückzuführen; aber eben doch wohl nicht *nur*. Ich bin heute noch fest davon überzeugt, daß Ottilie sehr genau wußte, wie man sich anläßlich derartiger Zwischenfälle hinter ihr aufregte. Was nicht heißen soll, daß sie solche Stauungen

vorsätzlich provozierte, nein. Aber irgendwie, glaube ich, wollte sie sich auf diese Weise ihrem Schicksal gegenüber schadlos halten. Sie arbeitete unablässig daran, ihre Schwäche, die Taubheit, in die Stärke einer lächelnden Abgeklärtheit umzuwandeln.
Das ging so weit, bis man uns schließlich nur noch zur Jugendvorstellung in unser Stammkino einließ. Und das wieder lag daran, daß zu jener Zeit gerade die ersten Tonfilme aufkamen und Ottilie, die Hörtrompete am Ohr, in jeden der wortreichen Liebesdialoge hinein unweigerlich laut und ungeduldig fragte: »Was ist'n nu, Junge; will sie ihn oder will sie ihn nich?«
Anfangs schämte ich mich dieser heiklen Fragen doch immer sehr und stimmte vor lauter Verlegenheit in das aufgebrachte »Psssst« des desillusionierten Publikums mit ein. Aber wenn ich dann Ottilies halb erstauntes, halb belustigtes Gesicht sich mir zuwenden sah, schämte ich mich meiner Feigheitsanwandlung noch viel mehr und gewöhnte mich nun künftig daran, Ottilie in der gleichen Lautstärke Rede und Antwort zu stehen.
Wir hatten es hierin zuletzt zu einer recht beachtlichen Taktik gebracht und waren wunderbar aufeinander eingespielt. Aber, wie gesagt, die Direktion zeigte wenig Verständnis dafür; und so blieben eben nur noch die Jugendvorstellungen übrig, wo meistens Stummfilme liefen und das Geschrei ohnedies schon so groß war, daß es auf ein paar mehr oder minder laut geäußerte Fragen und Antworten nun auch nicht mehr ankam.
Ottilie ging sehr gerne ins Kino, in der Woche drei- bis viermal, wenn es sich einrichten ließ. Am liebsten sah sie Mickymaus-Filme oder Pat und Patachon. Mit Tom Mix, dem Rächer der Enterbten, konnte sie weniger anfangen; auch Harald Lloyd mochte sie nicht sonderlich leiden. Komisch war immer, wenn Buster Keaton oder Charlie Chaplin auftauchten. Alles raste und kreischte vor Lachen, auch ich natürlich; Ottilie dagegen tupfte sich nur die ganze Vorstellung über an den Augen herum.
Aber nun soll man nicht etwa glauben, sie hätte deshalb Trübsal geblasen. Im Gegenteil, nicht mal Launen leistete sie sich jetzt mehr; es sei denn, ihren in der Regel zweimal in der Woche wechselnden Dienstboten gegenüber, von denen sie sich ständig übervorteilt, bespitzelt oder bestohlen fühlte. Zu Vater und mir jedenfalls war sie reizend, obwohl Vater doch eindeutig das schwarze Schaf war in der Familie. Jedoch auch wenn sich einer ihrer Söhne mal wieder scheiden lassen wollte oder sonst ein internes Gewitter heraufzog, entwickelte sie Fähigkeiten, die einem Religionsstifter Ehre gemacht hätten.
Mich mochte sie unbegreiflicherweise von ihrer immerhin gut zweieinhalb Dutzend Seelen zählenden Verwandtschaft am besten leiden; auch als ich dann vierzehn, fünfzehn und älter war,

Ottilie hat fertiggelesen

noch. Woran das lag, weiß ich nicht; ich bin nie eine Schönheit gewesen, und geistige Vorzüge nannte ich eigentlich auch kaum mein eigen. Vielleicht war es Mitleid, was Ottilie so nett zu mir sein ließ. Denn auch ihren hartnäckigsten Anstrengungen, einen gläubigen Christenmenschen aus mir zu machen, habe ich mich stets ebenso hartnäckig zu widersetzen gewußt. Wenn ich nicht gar, was jetzt auch oft geschah, mit einem Monstrum von Gedicht zurückschlug, in dem ich a) die Sinnlosigkeit dieses Lebens, b) die Nichtexistenz Gottes und c) die Unsinnigkeit des Glaubens bewies.

Ottilie las sich diese Ergüsse immer sehr aufmerksam durch. Das Erregende war, daß sie sie *tatsächlich* ernst zu nehmen schien oder in ihrer grenzenlosen Freundlichkeit doch wenigstens so tat, als nähme sie sie ernst.

Ich sehe sie noch vor mir. Sie sitzt auf dem troddelbehangenen Ohrensessel im Erker, sie hat sich ihr Pincenez auf die Nase geklemmt; vor ihr, auf der dicken rostroten Samtdecke des Mahagonitischchens mit den abenteuerlich verschnörkelten Beinen, liegt aufgeschlagen mein Unglaubensbekenntnis. Es riecht nach Lavendel, Mottenpulver, runzligen Äpfeln, ranziger Butter und frisch gestärkter Wäsche im Zimmer. Die säulchenverzierte Wanduhr tickt, links von ihr hängt, mit Backenbart und Röhrenkragen, Ottilies Erster, rechts, verschwommen und überbelichtet, Ottilies Zweiter. Es ist Nachmittag, die Sonne fällt schräg durch die handgeklöppelten Spitzengardinen, und von draußen dringen gedämpftes Kindergeschrei, Mauerseglerkreischen und Spatzenschilpen herein.

Ottilie hat fertiggelesen. Sie nimmt das Pincenez ab, streicht über die zornig beschriebenen Seiten hin und lehnt sich zurück. Man hört nur die Wanduhr jetzt, und vielleicht bumst noch eine gefangene Wespe, die der Apfelgeruch angelockt hat, gegen die Scheiben.

»Schön ist das«, sagt Ottilie, »daß du dich mit diesen Dingen *so* ernsthaft beschäftigst.«

Es ist immer, nach jeder neuen Attacke, der gleiche Satz; er ist nicht ein einziges Mal variiert worden. Erst sehr viel später haben wir dann ausführlicher über Glaubensdinge gesprochen. Und jetzt stellte es sich allerdings heraus, daß Ottilie längst nicht so sicher war, wie ich es beargwöhnt hatte. Damals, zwei Monate vor ihrem Tod, war sie gerade zum erstenmal ausgebombt worden. Sie sah sehr angegriffen aus, man mußte achtgeben auf sie, und ein Zittern war hinzugekommen.

Aber wenn sie dann im Luftschutzkeller nach ihrem Hörrohr zu suchen begann, um mit dieser merkwürdigen Blechtrompete am Ohr mit gerunzelter Stirn den Bombeneinschlägen zu lauschen, da spürte ich auf einmal wieder dasselbe prickelnde Gefühl, das ich auch früher vor der Kinokasse gehabt

hatte. Und tatsächlich konnte man auch todsicher in den schlimmsten Lärm zusammenstürzender Häuser hinein Ottilies ruhige, nun allerdings doch schon etwas kratzige Stimme vernehmen:
»Ruhig mal —: Will da nich noch jemand rein?«
Wie gesagt, zwei Monate später starb sie; sie war den täglichen Bombenalarmen nicht mehr gewachsen.
Es war nur ein kärglich möbliertes Zimmer, in dem man sie aufgebahrt hatte; weder die säulchengeschmückte Wanduhr noch Ottilies Erster oder ihr Zweiter hingen mehr an der Wand. Aber es roch nach Lavendel, nach Mottenpulver, runzligen Äpfeln und ranziger Butter wie früher, und jedes der fremden Möbel im Raum schien sich noch schnell was von Ottilies Wesen geliehen zu haben und starrte nun maliziös und ein wenig ironisch auf die vielen schwarzen Kleider und Hüte im Raum.
So war es eigentlich immer gewesen; wo Ottilie sich länger als zwei Tage aufhielt, fingen plötzlich auch die fremdesten Dinge an, vertraut auszusehen; und wenn ich ehrlich sein soll: Ich habe mich nie wieder so geborgen gefühlt wie bei ihr. Denn bei Ottilie war man zu Hause.

Im Pensionspreis einbegriffen

Die Aufregung, als das Telegramm kam, war ungeheuer. Die Dienstmädchen schwangen sich abwechselnd aufs Fahrrad, um sich im Dorf frisch ondulieren zu lassen; Hermann, der Kutscher, trug auf einmal einen weißen Kragen; die Kuhmagd Melitta hatte plötzlich rot lackierte Fingernägel; die Försterin zog das Geblümte an; der Förster tauschte seinen speckigen Filzhut gegen einen dienstlichen um, der vorn einen grünspanfarbigen Reichsadler trug; und selbst das Ehepaar Kunisch, das sich sonst immer nur mit einem Bademantel und in sonst nichts weiter zeigte, bekam zivilisatorische Anwandlungen. Der einzige, der die Ruhe behielt, war Herr Schlenz; er war Sozialist, und Millionäre, sagte er, hätten immer schon lediglich seine Verachtung herausgefordert.
Ursprünglich war vorgesehen gewesen, Hermann mit dem Zweispänner zum Bahnhof zu schicken; aber das Telegramm hatte gelautet: ›Ankunft per Auto‹; und so standen wir am Abend alle angehaltenen Atems vorm Forsthaus, und Herr Kunisch sagte, wir sollten den Mund aufmachen, dann höre man besser.
Gegen halb zehn endlich — die Försterin hatte den Braten schon zweimal wieder aufwärmen müssen — fiel Motorenlärm aus dem Nachthimmel, und viel fehlte nicht, und wir hätten geglaubt, Herr d'Hoog käme, wie sich das unserer Meinung nach für einen Millionär gehörte, mit einem Hubschrauber an. Aber

es war kein Hubschrauber, es lag am Wind; und fünf Minuten später tasteten sich hinten zwei Lichtkegel durch die Stämme, und Herr Kunisch bemerkte überflüssigerweise: »Wetten, daß sie das sind —?«
»Los!« schrie Heini mir zu, und wir rannten hin.
Es war ein aufregender Wagen. Wir sprangen zu beiden Seiten aufs Trittbrett und schrien dem uniformierten Chauffeur in die Ohren, wie er zu fahren habe; seltsamerweise fand er trotzdem den Weg.
Vor dem Forsthaus war inzwischen (außer Herrn Schlenz, versteht sich) die gesamte Bemannung angetreten, und Willibald, das Kind, das Hermann, der Kutscher, und Melitta, die Kuhmagd, gezeugt hatten, obgleich sie nicht verheiratet waren, Willibald hielt beseligt eine Stange hoch, an der ein blauer Lampion baumelte.
Der Förster, Zeige- und Mittelfinger der Rechten an der Krempe des Staatshutes, fegte mich vom Trittbrett und riß den Verschlag auf. Aber noch ehe die rassigen Beine der Dame dahinter den Boden berührten, plumpsten auf der anderen Seite zwei Knaben in Matrosenanzügen auf das Kopfsteinpflaster des Hofs und stürzten sich schreiend auf das Kind Willibald, dem sie den Lampion entrissen.
Inzwischen hatten die Beine der Dame den Boden berührt, und es stellte sich heraus, daß es sich hier, um mit Heini zu reden, um einen enorm forschen Käfer handelte; ein Urteil, das der Förster mit einem chevaleresken Handkuß bestätigte.
Jetzt sprang der Chauffeur aus dem Wagen, er nahm die Mütze ab und half einer kleinen, dicklichen Frauensperson beim Aussteigen, die einen heftig röchelnden Pekinesen unter dem Arm trug und vom Förster mit ›Jnädichste‹ tituliert wurde. Dann folgte eine Art Kinderfräulein oder so etwas, dem man den Terror, den die beiden Millionärsknaben ausübten, selbst noch vom Rücken ablesen konnte; und dann kam eine Weile nichts mehr, und man hörte nur noch das Kind Willibald schluchzen, die Baumheuschrecken zirpen, unten im Fichtengrund den Waldkauz rufen und die Millionärsknaben den Lampion zerfetzen.
Aber dann fielen auf einmal drei Hutschachteln aus dem Wagen, zwei schmalröhrige Hosenbeine wurden sichtbar, der Chauffeur half etwas nach, und nun standen wir zum erstenmal in unserem Leben einem richtigen Millionär gegenüber.
Es war arg enttäuschend. Herr d'Hoog sah, wie wir beim Abendessen feststellen mußten, wie ein hart vor der Pensionierung stehender Buchhalter aus, der in seiner Freizeit Meerschweinchen züchtet oder Bierdeckel sammelt. Er hatte einen dicken, maßlos traurigen Schnurrbart, der ihm tief über die Mundwinkel hing, sehr dichte, weit auseinanderliegende Brauen, braune, resigniert dreinblickende Pudelaugen, unter denen sich die

bräunlich gelben Schatten eines Herzleidens hinzogen, und wenn er ging, dann bewegte er sich so langsam, daß man ständig das Gefühl hatte, er würde sich in ein Standbild verwandeln.
Eigentlich wollte Frau d'Hoog schon am nächsten Tag wieder abfahren. Aber dann machte sie die unglückselige Entdeckung, daß die Waldluft ihren Stoffwechsel anregte, und das hatte zur Folge, sie blieb acht Tage länger.
Die Traurigkeit von Herrn d'Hoogs Schnurrbart nahm in dieser Zeit beängstigende Ausmaße an, ja, sie wirkte geradezu ansteckend. Jedenfalls hatte Herr Kunisch – der übrigens mit seiner Frau längst wieder nur im Bademantel und in sonst nichts zu den Mahlzeiten erschien – schon nach vier Tagen den gleichen Gesichtsausdruck und dieselbe Melancholie in den Augen wie Herr d'Hoog, was Herrn Schlenz veranlaßte, ihn vor Heini und mir als typische Lakaienseele zu brandmarken.
Schließlich fuhr aber Frau d'Hoog doch ab, und von diesem Tag an ging eine Wandlung vor in Herrn d'Hoog. Sein Blick verlor die pudelhafte Resignation, seine Bewegungen wurden lebhafter, seine Schnurrbartenden kräuselten sich aufwärts, und eines Morgens, als wir Melitta halfen, die Schweine zu füttern, hörten wir ihn zwischen zwei machtvollen Gurgeltrillern sogar ein Gassenhauerfragment summen.
Bisher hatte die Familie ihre Spaziergänge immer gemeinsam unternommen; jetzt zog jeder allein los, und da das Kinderfräulein infolgedessen meistens für sich blieb, nahm Herr Schlenz sich seiner an und predigte ihm auf Waldwiesen und in sonnendurchfluteten Eichenhainen Sozialismus. Das Ehepaar Kunisch indes konnte den Erfolg für sich buchen, Herrn d'Hoog zum Tragen des Bademantels auf der bloßen Haut bekehrt zu haben; und als Melitta und Hermann einmal am See unten waren, wo eine Kuh im Schlamm steckengeblieben war, sahen sie das Ehepaar Kunisch und Herrn d'Hoog rauchend und splitternackt am Strand entlangwandern.
Auch mit Heini und mir freundete Herr d'Hoog sich jetzt an, und etwas beschämt mußten wir feststellen, daß er im Grunde genommen doch ziemlich vielseitig war und sich zum Beispiel aufs Angeln wie kein zweiter verstand. Aber auch sonst war er patent, und trotz seines Herzfehlers stellten wir allerhand mit ihm an; bis zu dem Tag jedenfalls, wo diese Sache mit Frau Kunisch passierte.
Herr Kunisch hatte sich, da er auch in der Abendkühle mit nichts, beziehungsweise im Bademantel umherzulaufen liebte, ein wenig verkühlt, er hatte Fieber bekommen und mußte das Bett hüten. Da Frau Kunisch kein Fieber hatte, bestand für sie auch kein Grund, ihrem Gatten Gesellschaft zu leisten. Also machten Herr d'Hoog und Frau Kunisch ihre täglichen Strandpromenaden jetzt ohne ihn. Am zweiten Tag seines Krankseins nahmen sie

Eine Wandlung ging in ihm vor

jedes ein Köfferchen mit, und als wir uns zum Abendbrot versammelten, da fehlten die beiden. Seltsamerweise nahmen weder Fräulein d'Hoog noch die Zwillinge sonderlich Anteil am Verschwinden des Vaters. Die Zwillinge trieben sich den Tag über im Wald oder in den Stallungen herum, und Fräulein d'Hoog hatte ihr anfängliches Interesse von Herrn Schlenz abgezogen und neuerdings ganz auf den wiedergenesenen Herrn Kunisch konzentriert. Dem schien das, trotz seiner Sorgen, nicht unangenehm zu sein; jedenfalls erzählte Hermann einige Tage darauf, daß er Fräulein d'Hoog und Herrn Kunisch, bekleidet mit nichts, rauchend und den Bademantel unter dem Arm, am Seeufer hätte spazierengehen sehen. Inzwischen durchkämmten Gendarmen die Wälder, denn der Polizeiinspektor der Kreisstadt hatte sich eingeschaltet, und auch die Zeitungen, hieß es, hätten schon Wind bekommen. Aber Herr d'Hoog und Frau Kunisch blieben verschwunden.
Als sie zehn Tage weg waren, kam das gefürchtete Telegramm. Fräulein d'Hoog verlas es beim Mittagessen. Es lautete: ›Ankomme heute per Auto euch holen.‹
Melitta, die Kuhmagd, die den Telegramminhalt von einem der Dienstmädchen erfahren haben mußte, schien den eigentlichen Sachverhalt jedoch mißverstanden zu haben, denn als dann pünktlich um halb zehn das Auto auf den Hof rollte und wir uns hinter den kleinlauten Zwillingen hinausdrückten, da hatte sie ihr Kirchgangskleid angezogen und roch gräßlich nach Veilchenparfüm, und an der Hand hielt sie das Kind Willibald, das beseligt eine Stange hochhielt, an der ein roter Lampion baumelte.
Nun sprang der Chauffeur aus dem Wagen, er riß den Verschlag auf, und Frau d'Hoog, ihren röchelnden Pekinesen auf dem Arm, stieg aus. Sie klappte ihre Handtasche auf und holte eine Stablampe hervor, mit der sie uns der Reihe nach anleuchtete.
»Rein mit euch«, sagte sie dann zu den Zwillingen.
Die duckten sich und krochen ins Auto.
»Na«, sagte Frau d'Hoog zu ihrer Tochter, die neben Herrn Kunisch stand, »und du möchtest wohl eine Extraeinladung, ja?«
Herr Kunisch hüstelte und fuhr sich mit dem Zeigefinger im Kragen seines Bademantels herum. »Geh schon«, flüsterte er heiser; »ich ruf dich dann an.«
Fräulein d'Hoog senkte die Wimpern und stieg ein.
»Holen Sie das Gepäck«, befahl Frau d'Hoog dem Chauffeur.
Der Förster brummte und kratzte sich unter dem Hut, aber über einige Ähs und Mhms kam er nicht hinaus.
Frau d'Hoog maß ihn mit einem Blick, den Erfahrung und Mißtrauen spitz gemacht hatten, wie das Messer den Bleistift eines

Gerichtsstenographen. »Bemühen Sie sich nicht«, sagte sie ruhig; »ich bin informiert. Und nun bitte die Rechnung.« Die Försterin präsentierte sie ihr.
»Wo ist das Mädchen?« fragte Frau d'Hoog.
Da machte die Kuhmagd Melitta einen Knicks, und indes sie dem Kind Willibald ihre schwielige Hand mit den frisch lackierten Nägeln auf den Kopf legte, sagte sie, sie solle einen recht schönen Gruß vom Frollein Kindermädchen bestellen, aber das Frollein Kindermädchen habe sich verlobt, und das Frollein Kindermädchen ließe sagen, daß es keine Lust mehr verspüre, dem Großkapital noch Handlangerdienste zu leisten.
»Sehr schön«, sagte Frau d'Hoog, als Melitta atemlos die ihr von Herrn Schlenz einstudierte Tirade beendet hatte; »wirklich. Warten Sie – « Und sie kramte einen Geldschein aus ihrer Handtasche und reichte ihn ihr. »Bitte. Für Ihre Mühe.«
Melitta knickste tief. Darauf veranlaßte sie das Kind Willibald etwas zu tun, das entfernt an eine Verbeugung erinnerte, und dann kam der Chauffeur, und Heini und ich halfen ihm, die Koffer zu verstauen, während Frau d'Hoog uns leuchtete. Dabei fiel der Schein ihrer Stablampe auch ins Innre des Wagens. Heini blieb stehen und starrte hinein. Dann stieß er mich an, und da sah auch ich ihn. Er saß zusammengekauert in der hintersten Ecke, und er sah aus wie ein unmittelbar vor seiner Pensionierung stehender Buchhalter, der in seiner Freizeit Meerschweinchen züchtet oder Bierdeckel sammelt. Sein dicker, maßlos trauriger Schnurrbart hing schlaff und erschöpft über die Mundwinkel, und in seinen Pudelaugen lag eine Melancholie, wie sie sonst nur aus nebelverhangenen Novembertümpeln aufsteigt.
»Fertig – ?« fragte Frau d'Hoog jetzt.
Der Chauffeur salutierte.
Frau d'Hoog trat dicht vor Herrn Kunisch hin und leuchtete ihn von unten her an, daß er in seinem buntbestickten Bademantel wie ein farbbekleckster Totempfahl wirkte. »Ich traf sie fünf Kilometer von hier«, sagte sie. »Sie waren im Goldenen Lamm abgestiegen und hatten sich als Ehepaar eingetragen.«
Sie knipste die Lampe aus und setzte sich neben den Chauffeur, und einen Augenblick lang hörte man nichts als den schnaufenden Atem Herrn Kunischs, im Fichtengrund unten den Waldkauz, auf den Bäumen die Heuschrecken und im Zwinger das Knurren der Teckel, die den Pekinesen gerochen hatten.
Dann ließ der Chauffeur den Motor an, und Frau d'Hoog beugte sich noch einmal heraus. »Beinah hätte ich es vergessen!« rief sie; »Ihre Frau ist schon vorgefahren; sie erwartet Sie zu Hause!«
Herr Kunisch räusperte sich und kniff die Lippen zusammen. »Sehr verbunden«, murmelte er.
Frau d'Hoog kurbelte das Fenster hoch, der Chauffeur wendete,

»Gute Nacht«, sagte Melitta

und in eine bläuliche Auspuffgaswolke gehüllt glitt der Wagen davon.
»Gute Nacht«, sagte die Kuhmagd Melitta und knickste. Sie nahm das Kind Willibald an die Hand, und gleich darauf sah man nur noch einen roten Lampion über den Hof schweben.

Wenn die Ukeleis ziehen

In jenem Jahr hatten wir unser Zelt genau an der Stelle, wo die Rhora in den Großen Böthiensee mündet. Es war ein ausgezeichneter Zeltplatz, und wir wunderten uns nur, daß wir ihn nicht schon längst entdeckt hatten. Am schönsten war es immer ganz früh, wenn man eben mal aufwachte, und durch die Zeltplane dämmerte der Morgen, und es roch nach Schlick und nach

Nebel, und im Schilf hörte man die Bläßhühner plantschen und die Hechte rumoren, oder aus dem All fiel, wie das Knarren der Weltachse anzuhören, ein rostiger Fischreiherschrei auf den Seespiegel nieder.
Wir waren mit dem Fischer befreundet; er hieß Plötz, und wir wären für ihn durchs Feuer gegangen. Sein Haus lag etwa zwei Kilometer von unserem Zeltplatz entfernt, dicht am See, und wenn wir Appetit auf ein Bier hatten, schoben wir unser Boot ins Wasser und paddelten hin. Oft halfen wir Plötz auch beim Fischen, denn die Einsamkeit dort machte viele meschugge, und auch Plötz hielt es nur aus, wenn er sich bis an den Rand seines Selbst mit Alkohol vollaufen ließ. Betrunken aber kann man keine Reusen auslegen; das besorgten wir dann für ihn. Plötz war uns sehr dankbar dafür. Auch seine Frau; aber mit der war er damals schon fertig.
Meist waren die großen Ferien der Anlaß unserer Fahrt an den Böthiensee. Damals jedoch kam noch etwas anderes hinzu: Wir hatten beide mit Xenia gebrochen.
Xenia war vierzehn Jahre wie wir, und sie hatte Heini und mir geschworen, sie liebte uns beide. Wir hatten uns auch lange um sie geprügelt; aber da wir beide keine Schläger waren, ging auch keiner zu Boden; und so hatten wir beschlossen, uns in Xenias Liebe zu teilen.
Das ging so lange gut, bis wir erfuhren, daß sie jeden Donnerstag, wo sie angeblich Klavierstunde hatte, sich regelmäßig mit diesem Dings, einem gewissen Brettschneider, traf, und daß sie dienstags, wo sie angeblich ihre Großtante pflegte, ebenso regelmäßig mit unserem Lateinaushilfslehrer verschwiegene Ruderpartien entlang den Trauerweiden des Weißen Sees unternahm.
Heini sagte, wir müßten sie verhauen. Aber schließlich rangen wir uns zu dem Entschluß durch, daß es männlicher sei, klaglos von ihr Abstand zu nehmen.
So zogen wir also unser Paddelboot aus dem Schuppen, packten das Zelt und die Angelstöcke zusammen und fuhren los.
Wenn wir jedoch geglaubt hatten, nun mit Xenia fertig zu sein, so stellte sich das sehr bald schon als ein grundlegender Irrtum heraus. Gewiß hatten Zelten und Angeln nach wie vor ihren Reiz; aber der Hauptreiz war eben doch Xenia gewesen.
Das kam uns tagtäglich mehr zu Bewußtsein und nahm schließlich Ausmaße an, die ans Unmännliche grenzten. Wir lagen halbe Tage bewegungslos im Zelt, wie bliesen Trübsal beim Angeln; wir ließen die Aalschnüre, die doch vor Tagesgrauen schon eingeholt werden müssen, so lange im Wasser, bis sämtliche Aale sich abgedreht hatten, und eines Abends riß uns ein gut sechspfündiger Hecht nur deshalb die Schnur durch, weil wir im Augenblick, da er biß, gerade wieder Xenias Foto angeseufzt hatten.

Kurz: so schön es auch war am Böthiensee, so maßlos traurig war es auch wieder. Plötz, dem wir uns anvertrauten, schalt uns Idioten. Aber er hatte gut schelten; mit fünfzig fertig zu sein mit den Frauen ist etwas anderes als mit vierzehn zum ersten Mal an ihnen zu leiden.

Eines Morgens – wir hatten die ganze Nacht vor Trauer um Xenia nicht schlafen können – war mein Plan fertig. Ich schrieb, als Heini unten am Ufer das Frühstück bereitete, eine Karte an sie. Am Nachmittag brachte ich sie zur Post, und drei Tage später, als wir vom Reusenheben zurückkamen, sahen die Beine des Briefträgers aus dem Zelt, und nachdem wir ihn wachgerüttelt hatten, gab er uns eine Karte von Xenia, auf der stand zu lesen, sie sei unterwegs zum Böthiensee.

Heini war sehr betreten. »Du mußt schon entschuldigen«, sagte er, als der Briefträger wieder gegangen war; »aber ich hielt's einfach nicht mehr aus. Na, und da hab ich ihr eben geschrieben.«

»Was denn«, sagte ich heiser: »du auch?«

»Auch –?« sagte Heini; »*auch*?! Darf man mal fragen, wieso ›auch‹?«

Er ballte die Fäuste.

»Weißt du, was du bist«, sagte ich; »ein Stuppen bist du.«

»*Ich* – ?« sagte Heini und kam auf mich zu; »ich – ?«

Wir prügelten uns etwa zwanzig Minuten. Dann gingen wir baden und gelobten uns, Xenia zu behandeln, als sei sie ein Mückenschwarm.

Am Nachmittag machten wir unser Paddelboot flott und fuhren zu Plötz, mit dem wir bis in die Nacht hinein tranken. Gegen eins paddelten wir singend und mit einer abenteuerlich qualmenden Kienfackel am Bug zurück. Wir sangen nur Lieder, in denen von verlassenen Mädchen die Rede war. Es hörte sich wunderbar an auf dem See, und wir fühlten uns männlich und ungemein stark.

Als wir in die Rhoramündung einbogen, sahen wir Licht im Zelt, und als wir das Boot aus dem Wasser hatten und hinrannten, lag im Zelt Xenia und schlief.

Heini schluckte. »Und jetzt?«

Ich zuckte die Schultern. Mein Herz schlug zu sehr, um etwas sagen zu können.

»Wir müssen konsequent sein«, flüsterte Heini.

Ich nickte; ›konsequent‹, das hörte sich gut an.

»Los«, sagte Heini, »hol unsere Decken raus.«

»Ich? Wieso ich. Hol du sie doch raus.«

»Gehste jetzt?« knirschte Heini.

Ich wollte Xenia den Lärm einer Schlägerei ersparen und kroch rein und griff mir die Decken. Xenia hielt ein Kissen umarmt und lächelte im Schlaf. Ich preßte die Zähne aufeinander.

»Ob du heut noch mal rauskommst?« fragte Heini draußen gedämpft.
Ich blies das Licht aus und kroch wieder ins Freie; mir war ziemlich mulmig zumute.
Wir legten uns rechts und links neben das Zelt und zogen uns die Decken über den Kopf. Vom Böthiensee herüber hörte man den Haubentaucher ratschen und den paukenhaft dumpfen Rohrdommelruf. Im Zelt drin atmete Xenia.
Ich weiß heute noch nicht, wie es gekommen ist. Jedenfalls, als wir am Morgen dann aufwachten, lagen wir beide im Zelt, und Heini hatte den Arm um mich, und ich hatte den Arm um Heini geschlungen, und Xenia stand draußen und wollte sich totlachen.
Es dauerte einige Zeit, ehe wir unseren Irrtum begriffen. Dann allerdings prügelten wir uns, wie wir uns noch nie geprügelt hatten. Das Zelt fiel um, Heini bekam die Butter ins Gesicht, und drei Einmachgläser gingen kaputt.
Schließlich gelang es Xenia, mich unter der Zeltplane hervorzuzerren. Ich fiel ihr auch gleich um den Hals, und obwohl ich wie ein marmeladebeschmierter Totempfahl aussah, küßte sie mich, und ich küßte sie wieder, und nicht viel hätte gefehlt, und ich wäre gestorben.
Aber da hatte sich Heini aus der Zeltplane gewühlt; ein rächender Geist, schoß er heran, ich bekam einen Kinnhaken, daß ich die Böschung hinabfiel, und als ich wieder auftauchte, hatte Heini Xenia im Arm und küßte sie, und sie küßte ihn wieder, und ich kroch auf sie zu, und die Schlägerei begann wieder von vorn.
Wie gesagt, es war die erste Auseinandersetzung zwischen Heini und mir, die wirklich Format hatte; Xenia brauchte zwei Tage, ehe sie uns wieder fit hatte. Aber wir waren nur äußerlich wieder in Ordnung, denn so nett Xenia jetzt war, innerlich schwelte der Unfriede weiter.
Eines Abends — Heini und ich waren gerade, weil wir uns wieder einmal wegen einer Belanglosigkeit verzankt hatten, wütend ins Zelt gekrochen und konnten nicht einschlafen vor Zorn — eines Abends sah Xenia herein, und sie sagte, ein Herr stünde draußen, und der Herr wolle uns sprechen.
Wir krochen raus, und da war es Plötz. Er hob sich vom Nachthimmel ab wie ein Berg, und er verdeckte gut drei Dutzend Milchstraßensysteme. Was los sei mit uns, fragte er, und ob seine Reusen vielleicht verfaulen sollten, wie?
Mir gab es einen Stich. Ich sah Heini an. Der schluckte.
»Außerdem«, sagte Plötz und blickte naserümpfend auf Xenia hinab, die angetan an ihm emporblinzelte, »können jeden Tag die Ukeleis zu laichen anfangen. Ihr wißt doch, was ihr mir versprochen habt? Wenn ihr mir beim Ukeleifang nicht helft,

Es hatte Format

gehen mir an drei Zentner Schweinefutter verloren. Klar, was das heißt?« Er beugte sich vor, und wir rochen seine Alkoholfahne.
Ich räusperte mich.
»Das heißt«, sagte er heiser, »der Plötz kann seine drei Ferkel den Krähen hinschmeißen.« Er drehte sich um und ging runter zum Kahn.
»Mensch«, sagte Heini plötzlich, »der heult.«
Wir sprangen auf und rannten ihm nach. Aber da stakte er seinen Kahn schon durchs Schilf.
»Los!« keuchte Heini; »das Boot flott und hinterher!«
Ich rannte zum Zelt und holte das Paddel, und Heini schippte das Wasser aus dem Boot und schob es ins Schilf.
»Aber wo wollt ihr denn hin?« fragte Xenia.
Ich rannte an ihr vorbei und durchs Wasser und gab dem Boot einen Stoß, und wie ein flügelschlagendes Bläßhuhn fegten wir die Rhora hinauf.
Auf der Seemitte holten wir Plötz ein.
»Dreckskerle«, sagte er bei jedem Ruderschlag; »Dreckskerle. Wegen 'ner Weiberschürze – !«
Er merkte noch immer nicht, daß wir neben ihm lagen. Da stand Heini auf und rief ihn an.

Plötz zuckte zusammen und drehte sich um. Als er uns sah, stand er auch auf; er breitete seine Arme aus, und Heini breitete auch seine Arme aus, und ich stand ebenfalls auf und breitete auch meine Arme aus.
Ich hätte es besser bleiben lassen sollen. Wir fielen eigentlich nur deshalb alle ins Wasser, weil ich, statt die Boote auseinanderzuhalten, auch meine Arme ausgebreitet hatte. Aber ich hatte Plötz ja genauso gern wie Heini. Ebensogut hätte man auch sagen können, Heini hätte die Boote auseinanderhalten sollen. Aber Heini hatte Plötz ja auch gern. Wahrscheinlich hatten wir alle drei keine Schuld.
Wahrscheinlich hatte jemand ganz anderes schuld. Denn als wir am nächsten Morgen, grogbeschwipst und zusammen mit Plötz, die Rhora hochfuhren, um nachzusehen, ob die Ukeleis schon laichten, da war das Zelt leer.

Der Abschlußball

Bis dahin hatte Vater es eigentlich nie sonderlich schwer mit mir gehabt. Aber als ich dann anfing, diesen lächerlichen Stimmbruch zu kriegen und mit meinen viel zu langen Armen und Beinen und auch mit mir selber oft überhaupt nichts mehr anfangen konnte und einfach bloß rumsaß und vor mich hinstarrte oder mitten in der Karl-May-Lektüre auf einmal rot anlief, weil mir plötzlich einfiel, ich hätte mich meiner zu großen Nase, meines unvermutet sprossenden Bartes zu schämen, da schob Vater denn doch das kaputte Eichhörnchen, den lädierten Bussard oder was er sonst gerade neu mit präpariertem Sägemehl angefüllt und kunstvoll wieder zugenäht hatte, beiseite und sah oft derart traurig zu mir herüber, daß ich ihn manchmal am liebsten angeschrien hätte, aber es sei ja doch wohl *sein* Erbe, an dem ich hier litte. Irgendwie schien er sich da auch tatsächlich mitschuldig zu fühlen. Eines Abends jedenfalls sagte Vater, mit der Pinzette in einem Blechkasten herumstochernd, in dem die Glasaugen aufbewahrt wurden: »Ich habe dich zum Tanzstundenunterricht angemeldet.«
»Nochmal«, sagte ich heiser: »zu *was*?«
»Zum Tanzstundenunterricht«, sagte Vater und probierte, ob dem Haubentaucher vor ihm eins der herausgesuchten Glasaugen paßte; aber es war zu groß und es schielte, und so mußte Vater es wieder verwerfen. »Und zwar lehrt Herr Löwy im Schnellkursverfahren.«
»Schreckliches Wort«, sagte ich, und meine Stimme stieg, ohne daß ich es beabsichtigt hätte, zu fistelnder Sopranhöhe an; »und was heißt es?«
»Es heißt«, sagte Vater, »daß so ein Kurs nicht nur einmal, son-

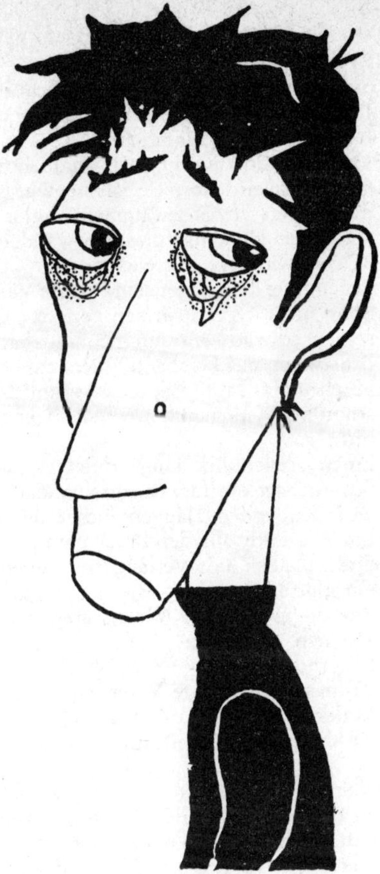

»Du schwärmst«, sagte ich bitter

dern zweimal läuft in der Woche, und zwar Dienstag und Freitag. Abends natürlich, denn der Tag soll ja nicht beeinträchtigt werden.«
»Und was erreicht man damit?«
Vater räusperte sich. »Mit dieser gerafften Methode erreicht man, daß bereits einen Tag nach Weihnachten der Abschlußball steigt. Mit anderen Worten: In zweieinhalb Monaten bist du bereits mit sämtlichen modernen Gesellschaftstänzen vertraut.«
Ein leichtes Schwindelgefühl ergriff mich. »*Muß* das sein?« fragte ich, zitternd die Hände gegen die Schläfen gepreßt, denn meine Stimme war unerwartet in Kellertiefen gerutscht.

»Es *muß* nicht«, sagte Vater, und er und das Glasauge, das er in der Pinzette hielt, sahen sich kalt und aufmerksam an; »ich denke jedoch, du wirst mich da nicht im Stich lassen, wie —?« Jetzt paßte das Auge; der Haubentaucher starrte mit ihm prüfend durch mich hindurch.
»Nein«, krächzte ich heiser; »natürlich nicht; nur —«
»Du wirst ein enormes Selbstbewußtsein erhalten«, unterbrach mich Vater etwas zusammenhanglos, »und auch in allen einschlägigen Umgangsformen bewandert sein.«
»Du schwärmst«, sagte ich bitter.
»Ich müßte kein Vater sein«, sagte Vater, »wenn ich über meinen Sohn nicht ins Schwärmen geriete.« Er nagte kopfschüttelnd an seinen schwach ergrauten Schnurrbartenden, denn er hatte im Brustflaum des Haubentauchers eine kahle Stelle entdeckt.
»Sieh mal«, sagte ich, so versöhnlich ich konnte, »nun bin ich schon im Gymnasium zweimal sitzengeblieben; genügt denn das nicht?«
Einen Augenblick lang schien es, Vater presse unter seinem Schnurrbart die Lippen aufeinander. »In diesen Zeiten«, sagte er, indem er dem Haubentaucher hier und dort eine Feder ausriß, um das Loch auf der Brust damit ausbessern zu können, »ist Sitzenbleiben mit verlängerter Jugend gleichzusetzen, folglich ein glatter Gewinn. Warum den nun nicht noch durch den Gebrauch geschliffener Anstandsregeln zu steigern versuchen?«
»Lernen ist lernen«, sagte ich dumpf; »mir dröhnt *so* schon dauernd der Kopf.«
»Tanzstunde«, sagte Vater, ein Auge zukneifend, um das Loch in der Brust des Haubentauchers präziser mit Leim bestreichen zu können, »belastet dich nicht, sie macht dich beschwingt.«

Nein, er konnte mir die Vorzüge einer solchen Tanzschule *noch* so eindringlich schildern, bei mir verfingen sie nicht. Und wie sich am ersten Tage dann zeigte, durchaus mit einigem Recht.
Herrn Löwys Tanzschule — ›Indra-Diele‹ hatte er sie aus unerfindlichen Gründen genannt — war im hintersten Flügel einer Kugellagerfabrik untergebracht. Man mußte erst zwei relativ dunkle Hinterhöfe überqueren, ehe man vor sich die keineswegs sonderlich lockenden Klänge einer mit aller Leere der Welt unterlegten Klaviermusik hörte.
»Sein Sohn«, erläuterte Vater übertrieben verzückt; »es ist ein Familienunternehmen.«
Ich überhörte die Anspielung, und wir traten unter den Wellblechbaldachin, der, beiderseits von gesprungenem Maschendrahtglas flankiert, zum Saaleingang führte, über dem in müde zuckendem Rot die elektrisch erleuchtete Aufschrift ›Indra-Diele‹ erstrahlte.
»Bei festlichen Anlässen, also etwa zum Abschlußball, der gleich

nach Weihnachten steigt«, sagte Vater, »werden hier natürlich Kokosläufer gelegt.«
Ich nickte beklommen, denn vor dem Lichtstrahl, der aus dem Saaltürspalt fiel, hatte eine massige Gestalt sich bewegt.
»Kuhnke«, sagte Vater gefaßt; »der Ex-Schwergewichtsmeister vom e. V. 1900. Seit die Kommune in den Untergrund ging, hat er hier den Posten des Maitre de plaisir übernommen.«
»Des Maitre de *was*?« fragte ich.
Aber da stand Kuhnke schon vor uns und sah uns unter seiner flachen Ledermütze hervor argwöhnisch an. Was wir hier suchten.
»Nichts«, sagte ich schrill; »wir können gern wieder gehn.«
»Aber Herr Kuhnke«, sagte Vater vermittelnd, »wir kennen uns doch. Ich habe Ihrer Frau Mutter den Kanari mumifiziert, auf dem Rücken liegend und mit Silberflitter bestreut; erinnern Sie sich?«
»Dunkel«, sagte Kuhnke in der Finsternis, die hier herrschte, wahrheitsgemäß. »Und wo ist der dritte von euch?«
»Welcher dritte?« fragte Vater.
»Macht mir nichts vor«, sagte Kuhnke gereizt; »da hat doch eben noch einer mit so 'm tiefen Bierbaß gebrummt.«
Vater räusperte sich. »Das ist *er* hier gewesen.«
»Er —?« sagte Kuhnke; »der mit seinem Meerschweinchenorgan?«
»Sie sollten im Geschäftsinteresse höflicher sein«, sagte Vater erregt. »Der Junge hat Stimmbruch; na und —?«
Kuhnke lauschte abwesend zum Nachbargrundstück, einem Schulhof oder so was, hinüber; da waren, durch das Klavierspiel hindurch, aus einem offenen Turnhallenfenster knatternde Trommelwirbel und kreischende Flötentöne zu hören.
»Die üben —« sagte Kuhnke gedehnt. Dann fand er wieder zu uns zurück. Wir müßten schon entschuldigen; aber in politisch so unsicheren Zeiten, da sei Wachsamkeit einfach erstes Gebot.
»Wem erzählen Sie das«, sagte Vater versöhnt; »so viele Türen gibt es ja gar nicht, wie man sie abends hinter sich abschließen möchte.« Kuhnke schlug ihm krachend auf die Schulter. »Aber genau, Mann; aber genau.«
Er riß die Saaltür auf, und jetzt klang das hämmernde Spiel drin so leer, so hallend, so laut, als gäbe es nur dieses eine gequälte Klavier auf der Welt und sonst nichts. Doch das täuschte; denn als sich die Augen an die grellen Glühbirnengirlanden unter der Decke gewöhnt hatten, erkannte ich auch die Bänke an den beiden Längsseiten des Saals und links die Jungens und rechts die Mädels darauf; und etwa in der Mitte des Saals war ein untersetzter, mit einem altmodischen Bratenrock und schwarzgestreifter Hose angetaner und beklemmend ernst und vornehm blickender Herr, nebst einem sehr langen, sehr dünnen

und genauso ernst und konzentriert blickenden Mädchen dabei, im Takt der Klaviermusik allerhand umständliche Schritte zu tun.

»Ein Tango«, sagte Vater verklärt und legte den Kopf schief und wippte kenntnisreich in den Knien. Ich wußte nicht, woran es lag: er gefiel mir so eingeweiht nicht; ich hätte ihn gern keuscher gehabt.

Genau besehn, gefiel mir *überhaupt* nichts hier, am wenigsten natürlich die Mädchen. War ich ihnen etwa deshalb dauernd aus dem Wege gegangen, damit sie mir hier jetzt gleich gebündelt erschienen? Mein Unbehagen stieg, als ich merkte, ich kannte eine Menge von ihnen noch von der Volksschule her; Kalle zum Beispiel, die jetzt in der Konsumfiliale in Pankow-Heinersdorf Dienst tat, oder Ella, die Kranzbinderin geworden war und Lisbeth, die mal mit einem Hausierer was hatte, und noch ein paar.

Vater lächelte auch gleich verbindlich zu ihnen hinüber, aber als sein Lächeln wieder zurückkam, um auch mich mit einzubeziehen, erstarb es ihm jäh.

Ich war eben einfach nicht der Mensch, hier jetzt so rumzustehen. Ich wollte nach Hause, alleinsein; ich trug an meiner zu großen Nase schon gerade genug. Ich wußte wirklich nicht, was die Mädels da hatten; dauernd ein Anstoßen und dieses Gekicher. Vorm Spiegel vorhin war doch noch alles in Ordnung gewesen, Vater hatte mir ja sogar ein Kompliment wegen der Kombination von dunkelblauem Hemd und gelber Krawatte gemacht.

Ich merkte, wie ich, zu allem Überfluß, jetzt auch noch rot zu werden begann. Und da stießen natürlich auch die Jungens sich an. Nein, es nützte nichts, daß ich auch von ihnen die meisten noch kannte; im Gegenteil, das machte jetzt alles nur schlimmer. Denn die arbeiteten ja längst; Hanne führte Filme vor im Schloßparkkino; Richard half seinem Vater beim Seifenkochen zu Hause; Antek war Kohlenträger geworden; Erwin arbeitete bei seinem Onkel im Sargmagazin; und ich, was machte ich? Ich war aufs Gymnasium gegangen und zweimal hintereinander sitzengeblieben.

Zum Glück hatte Herr Löwy uns jetzt entdeckt. Er küßte dem langen Mädchen, wohl seiner Tochter, die Hand; darauf klatschte er laut, und sein Sohn am Klavier hörte auf und drehte sich zu uns herum.

Das mußte man ihnen lassen: nicht nur Herr Löwy mit seinem ernsten, freundlichen und blaurasierten Gesicht, auch sein Sohn war ein Mensch; ja, selbst noch die lange, dürre, ernstblickende Tochter war nett.

Sie hatte eine einschmeichelnde schleppende Stimme, und sie sagte, sie könne mir jetzt schon garantieren, daß ich auf dem Weihnachtsball ihr Hauptttänzer sei, ich hätte genau ihre Größe.

Obwohl ich das für einen Reklametrick hielt, wurde ich noch röter als rot und stammelte, das hoffte ich auch.
Für Vater schien meiner Karriere als Gesellschaftsmensch damit nichts mehr im Wege zu stehen, er konnte sich gar nicht lassen vor Aufgekratztheit, die um so peinlicher wirkte, als weder Herr Löwy noch seine Tochter sie teilte.
Das soll jedoch keineswegs heißen, es wäre nicht noch etwas sehr viel Peinlicheres möglich gewesen. Das Peinlichste war vielmehr, daß ich mich, ob ich es schon war oder nicht, mit sämtlichen Jungens und Mädels bekannt machen mußte, und da Herr Löwy mit dieser Erniedrigung offensichtlich pädagogische Zwecke verfolgte, konnte es passieren, daß ich vor manchem der Mädels bis zu einem halben Dutzendmal herumdienern mußte.
Noch nie war mir mein Adamsapfel so bleiern, meine Nase so riesig, meine Stirn so wächsern, meine Stimme so verstummenswert erschienen wie da. Gott sei Dank hatten wir Freitag, so daß ich mich mit der Hoffnung zu trösten vermochte, bis zum nächstenmal eine zweiundfünfzigstündige Atempause zu haben.
Herr Löwy, die Daumen unter dem Rock in die Ärmellöcher der Weste geschoben, unterhielt sich dann noch mit Vater über Erziehungsprobleme; ein Gespräch, in dem dieser überraschenderweise das Primat des freien Willensentscheides verfocht. Ich ließ sie reden; ich war froh, daß die andern gegangen waren und lauschte den Flöten und Trommeln, die man jetzt wieder aus der Turnhalle hörte, und auf einmal stand die große, dürre, ernste Tochter Herrn Löwys neben mir und sagte gedämpft: »Kommen Sie; reden Sie doch mal ein bißchen mit Max.«
Max, ihrem Bruder, schien das Trommeln und Flöten draußen auch auf die Nerven zu gehen. Er saß zusammengekauert auf den drei alten Adreßbüchern, die den Klavierstuhl erhöhten und versuchte fahrig, mit dem Jackenärmel das Firmenschild im Innern des Klavierdeckels blankzupolieren. Er hatte die blaurasierten Wangen des Vaters, nur war er sehr viel zarter, fast winzig geraten, ein bärtiges Kind.
Ich sagte erschöpft, daß es sehr anstrengend sei.
»Sie müssen Geduld haben«, sagte er lächelnd; »es kommt immer im Leben die Zeit, da hat man von *allem* Gelernten Gewinn.«
»Sehn Sie sich die Welt doch an«, sagte ich; »was soll es der denn schon nützen, wenn man das Tanzbein schwingt und ein paar Anstandsregeln beherrscht?«
Max blickte über seine stumpfen Brillengläser hinweg konzentriert auf den Klavierdeckel nieder. »Die Welt«, sagte er, plötzlich ebenso schleppend, wie seine Schwester vorhin, »sähe noch sehr viel übler aus, wenn alle so dächten.«

Dieser Satz war der Grund, weshalb ich dann schließlich doch noch durchzuhalten beschloß. Das heißt, ich beschloß es auch Vater zuliebe. Denn obwohl wir erst Oktober schrieben, von diesem Freitagabend an begann er, dem ersten Weihnachtstag entgegenzufiebern, an welchem in der ›Indra-Diele‹, Lehderstraße 112, zweiter Hinterhof rechts, Herrn Löwys Abschlußball stattfinden und ich meine Bewährungsprobe als Tänzer und Weltmann ablegen sollte.
Und eines mußte man Vater ja zugestehen: Mit seiner unerschütterlichen Gewißheit, daß ich diesen Tag glanzvoll bestehen würde, verpflichtete er mich zu Leistungen, die ich, auf eigenen Unternehmungsgeist angewiesen, nie entwickelt hätte: Ich prägte mir Tanzschritte ein; ich lernte, wenn auch nur mühsam und mit äußerster Konzentration, eine Polka von einem Foxtrott unterscheiden; ich versuchte zu begreifen, warum (wie Herr Löwy nicht müde wurde, uns auseinanderzusetzen) man einer Dame zwar ihren Handschuh, aber nicht ihren Kamm aufheben dürfe. Ich war kein gelehriger Schüler; ich bin nie gelehrig gewesen. Ich brauchte Wochen und die geduldige Nachhilfe von Max, der mir abends unter Straßenlaternen oder tags an einem stillen Ort im Park wieder und wieder all die schwierigen Figuren vorexerzierte, bis ich zum Beispiel durch eisernes Training auch endlich die Grundkenntnisse einer tänzerischen Bewältigung des Walzertaktes erwarb.
Das heißt, ich muß gerecht sein. All das klappte, wenn überhaupt, dann vorläufig jedesmal nur, wenn ich es alleine probierte. Gesellte mir Herr Löwy, wovon er nicht ablassen wollte, ernst und entschlossen noch eins der Mädels hinzu, war es aus; ob es nun Ella, Kalle, Lisbeth oder von den andern eins war: ich verwandelte mich in ein Nervenbündel, wenn ich sie anfassen mußte. Nur mit *einer* gelang es; das war Hanna, die lange, dürre, ernste Tochter Herrn Löwys.
Wir schoben uns steif, zwei paßrecht gehobelte und gleichlang gesägte Bretter, durch den ehemaligen Maschinensaal hin, als der sich die ›Indra-Diele‹, wenn man, wie ich, so häufig den Blick niederschlug, anhand der Ölflecke und der festgehämmerten Eisenlaschen allmählich entpuppte.
Hanna war keine gute Lehrerin; vielleicht hätte sie dazu fünfzehn Jahre jünger oder fünfzehn Jahre älter sein müssen; aber sie ist Mitte dreißig gewesen und glaubte ständig, wenn wir tanzten, die Führung übernehmen zu müssen. Ich bin noch nie herrschsüchtig gewesen, deshalb war mir ihr Anspruch nur recht. Vielmehr, er *mußte* mir recht sein, denn nur von Hanna geführt, war die (zugegeben: schmerzlich schöne) Illusion zu vertreten, ein leidlich versierter Tänzer zu sein. Hinzu kam allerdings auch, daß sie von allen Mädels die einzige war, die etwas so Normales wie einen Stimmbruch nicht als belächelnswert an-

Wir schoben uns steif dahin

sah; ich meine, man konnte reden mit ihr. Man konnte ihr sogar mit Problematischem kommen, mit der Preisfrage etwa, ob mich die Brille, die mir der Arzt, meiner Lesewut wegen, verschrieben hatte, entstelle, und ob es zu billigen sei, bejahendenfalls aus dem Leben zu scheiden.
Sie ging auf alles ernst und nachdrücklich ein. Nur wenn ich sie vorsichtig um Rat fragte, was ich tun könnte, um den Mädels gegenüber nicht immer eine solche Mimose zu sein, schwieg sie sich aus. Ich wunderte mich über ihre Hartnäckigkeit da, denn das war doch nun wirklich eine Frage, die mit zum Thema gehörte.

Es war längst November geworden inzwischen und hatte auch schon einige Male, nur immer schnell wieder wegtauend, geschneit. Ich zögerte das mit der Brille, die mir der Arzt verschrieben hatte, ständig hinaus, ich hoffte, noch bis zum Weihnachtsball ohne sie auszukommen; gerade *jetzt* durfte ich meine Chancen – wenn ich überhaupt welche hatte – auf gar keinen Fall auch noch mit einer Brille verringern.
Im Gegenteil, allein schon in Vaters Interesse war hier weit eher eine rapide Steigerung meiner Chancen vonnöten. Zumal er, wie ich aus einer unaufmerksam weggehefteten Quittung ersah, bei Peek & Cloppenburg an einem dunkelblauen Anzug abzahlte, den ich an jenem 25. Dezember (welcher sich immer mehr auch als mein Mannbarkeitstag herauskristallisierte) wohl anhaben sollte. Davon, daß Vater es jeden Dienstag- oder Freitagabend, während er dabei pro forma an einem mottenzerfressenen Waldkauz oder einem mitgenommenen Biber hantierte, immer ganz genau wissen wollte, was ich in der ›Indra-Diele‹ hinzugelernt hätte – davon lieber erst gar nicht zu reden. Denn was blieb mir anderes übrig, als ihm, um ihn nicht zu enttäuschen, auch von Tanzpartnerinnen zu erzählen, die gar nicht meine Tanzpartnerinnen *waren*? Das heißt, ich fand, es bliebe sehr wohl noch etwas anderes übrig; nämlich wahrzumachen, was ich mir ausgedacht hatte. Nur wie?
Ich lag Nächte lang wach und versuchte, Vaters besänftigende und doch auch verpflichtende Atemzüge im Ohr, dem Problem auf den Grund zu kommen. Vielleicht hatte mein Mimosentum den Mädels gegenüber damit zu tun, daß sie einem zu fremd waren, daß man einfach auch außerhalb der ›Indra-Diele‹ sich mal um sie zu kümmern versuchte.
Einige von den Jungens schienen das ja *auch* zu ihrem Grundsatz erhoben zu haben und setzten im Unterricht dann alles daran, einzig mit ihrer Erwählten zu tanzen, was Herr Löwy aus pädagogischen Gründen natürlich nicht zulassen konnte; er trennte diese Verbindungen so oft er's vermochte, denn er meinte, wie er uns immer wieder erklärte, die Harmonie zwi-

schen *allen* Menschen und nicht nur die zwischen privilegierten. Deshalb war er ja auch über mich so bekümmert, oder über mich und Hanna genauer. Ich nahm mir jedenfalls fest vor, das zu ändern. Weder vor Vater noch vor Herrn Löwy konnte ich es verantworten, auf dem Weihnachtsball dann am Ende *nur* mit Hanna zu tanzen.
Außerdem war ich aber auch mir selber diese Änderung schuldig. Schließlich, wer waren denn diese Mädels schon groß, daß ich mich so anstellte vor ihnen. Schön, sie lachten mich wegen meines Stimmbruchs oft aus. Aber Stimmbruch hatten Hanne und Antek doch auch. Und – ? Lachten die Mädels vielleicht über *die*? Im Gegenteil, denen rannten sie obendrein auch noch nach. Woran lag das. Das lag daran, daß die Mädels sie trotzdem anziehend fanden. Warum? Weil sie männlicher waren als ich, nicht so zaghaft, so zittrig, so dürr und so lang.
Immerhin, ich konnte ja den sportlich-asketischen Typ rausstreichen statt dessen, den gab es doch auch. Ich beschloß, ihn zuerst mal – außerhalb der ›Indra-Diele‹, versteht sich – an Kalle auszuprobieren, die, außer Hanna, noch die akzeptabelste war. Hatte ich sie mit meinem außerdienstlichen Werben geködert und auf diese Weise erst mal die Scheu verloren vor ihr, dann kämen Ella und die anderen dran. Ja doch wohl logisch, daß sich die so erworbene Achtung vor mir jetzt auch spielend in zwangloses Pflichttanzen ummünzen ließe. Man mußte den Mädels eben nur eine greifbare Chance zugestehen, auch tatsächlich erkennen zu können, wer man in Wirklichkeit war.

Das Wetter war meinem Vorhaben günstig. Es hatte seit Tagen geschneit, jetzt kugelte eine kraftlose Sonne über die kristallene Schneefläche hin, nicht mal die Autos hatten sie aufreißen können, und nur an den Kreuzungen, wo Salz gestreut worden war, trat, wie ein Mottenloch im Eispelz des Winters, der Asphalt zutage.
Ich hatte mein Augenmerk auf eine gewisse Vitalis-Creme geworfen. Abgesehen von dem ungemein bejahenden Namen, faszinierte mich auf dem Etikett der Dose aber vor allem der Satz: ›Natürliche Bräune in einer Minute.‹ Die Dose kostete eine Mark; diesen Einsatz, fand ich, mußte man wagen. Vor dem Spiegel zu Hause probierte ich die Creme dann aus. Es war wirklich verblüffend; in noch nicht mal fünfzig Sekunden hatte ich den bronzenen Teint eines Maharadschas erworben. Ich suchte mir aus der Lappenkiste, um den Kontrast zu erhöhen, noch einen von Großmutters weißen Kunstseidenschals aus; den band ich mir, so leger es sich anlassen wollte, nun um und lief zu Kalles Arbeitsstelle nach Pankow-Heinersdorf raus.
Ich merkte sofort, meine Chancen waren gestiegen; dafür hat man als Mann ein Organ. Am besten sah ich in den alten

schwarzen Glasschildern mit Goldaufdruck aus, da kam das Weiß des Schals und das Braun meines Teints noch am wirkungsvollsten zur Geltung.
Ich hatte Glück, Kalle war gerade abgelöst worden; ihre rote Baskenmütze schief auf dem Bubikopf, kam sie mit rauchendem Atem die Straße entlang. Ich blieb vor einer weihnachtlich hergerichteten Fischhandlung stehen und blickte gequält auf die watteumflorten Sprottenkisten und die auf Tannenzweige gebetteten Lachsfilets nieder und kontrollierte zugleich in der Scheibe, ob ich auf Kalle auch wirkte.
Ich wirkte enorm. Ihre fein rasierten Brauen stiegen plötzlich bis zum Gummiband der Mütze empor und die rechte verschwand sogar drunter.
»Mann«, sagte sie atemlos, »wo haste 'n die schicke Farbe her?«
»Grunewald«, sagte ich näselnd; »bißchen Skifahrn gewesen. Kaum der Rede wert; ja keine Höhe, die Hügel.«
»Toll«, sagte sie; »einfach phantastisch. Gar nicht gewußt, daß du so 'ne Kanone bist.«
»Nu, nu«, sagte ich; »man will sich ja auch nicht aufspielen, stimmt's. Was 'n Mann ist, der schweigt.«
»Aber nich jetzt«, sagte Kalle und hängte sich ein. »Komm, gehn wir irgendwo hin.«
Wir gingen in eine von diesen kleinen Konditoreien.
Wir hätten es nicht tun sollen. Als wir schon eine Weile saßen, und ich mir gerade mit der zweiten Tasse Kakao den Mut angetrunken hatte, um Kalle jetzt klipp und klar zu sagen, ich fände sie schick, sank plötzlich vor einem lackschwarz glänzenden Haarhelm uns gegenüber eine Illustrierte eine Winzigkeit tiefer, und über die oberste Kante hinweg sahen die blauumschatteten und halb von den schweren Lidern verhangenen Augen Hannas mich an.
Unsicher stand ich auf und verbeugte mich vor ihr; ganz so, wie Herr Löwy es uns Jungens gelehrt hatte.
Aber auch Hanna stand jetzt auf, und ich zog unwillkürlich den Kopf ein: Gegen das grelle, schneeumrandete Fenster wirkte sie womöglich noch länger und dürrer als sonst, ihr Aufstehen wollte überhaupt kein Ende mehr nehmen. Dann hatte sich endlich alles, was sich an ihr aufrichten konnte, erhoben, und immer noch den frostigen Fensterausschnitt des Schneehimmels im Rücken, trat sie in ihren knarrenden Halbschuhen dicht vor mich hin, so dicht, daß sich fast unsere Nasen berührten.
»Erlauben Sie«, sagte sie in ihrem schleppenden Unterrichtston und zupfte, als müßte sie eine Spinne anfassen, an Großmutters weißem Kunstseidenschal, den ich in der Konditorei hier natürlich ein wenig salopper trug jetzt; »aber Ihnen ist da ein kleines Malheur zugestoßen.« Und sie hielt mit ihren sehnigen Fingern das Schalende hoch.

Ich sah es mir an. Es war über und über mit einer widerlich aussehenden braunen Farbe beschmutzt. Jetzt hatte es selbst Kalle begriffen. »Es färbt ab!« lachte sie plötzlich hysterisch. »Er pinselt sich an! Und damit will er 'nem hellen Mädel wie mir imponieren!«

»Also, ›helle‹«, sagte Hanna und ging langsam auf ihren großen platten, nach außen weisenden Tänzerinnenfüßen zur Tür, »›helle‹, Fräulein, würde ich nicht direkt sagen.«

Das war nun allerdings, so hart vorm Weihnachtsball, auf den Vater wie auf eine Art Nationalfeiertag zugelebt hatte, ein furchtbarer Schlag. Doch ich wankte nur unter ihm, er fällte mich nicht.

An sich hatte ich vorgehabt, den darauffolgenden Unterrichtstag einsichtig ausfallen zu lassen, in der Hoffnung, man würde in der ›Indra-Diele‹ zumindest die Scham zu schätzen wissen, die mich zu dieser Maßnahme zwang. Aber als es dann soweit war, und Vater mir über den mottenzerfressenen Polarfuchs hinweg, an dem er hantierte, wieder einen von diesen ahnungsvollen Blicken zuwarf, die andeuteten, im stillen habe er ja immer befürchtet, daß ich auch diesmal wieder versage, da riß mich eine Woge wilder Entschlossenheit vom Stuhl hoch und raus in die Nacht. Und wenn ich mich *noch* so blamiert hatte — bei dem dunkelblauen Anzug, der abholbereit im Kassenraum von Peek & Cloppenburg hing: ich wich meinem Schicksal nicht aus.

Vorläufig allerdings war es in dem dichten Schneetreiben draußen nicht zu erkennen. Obwohl — irgend etwas Außergewöhnliches lag in der Luft. Ich führte die Spannung oder Erwartung oder was es nun war, erst auf die absolute Stille zurück, die ringsumher herrschte; lediglich die Schneeketten, die die dickverschneiten Autos um die Reifen trugen, klirrten hin und wieder mal auf. Dann die Berliner Allee entlang, glaubte ich, es hinge mit den dicht verwehten Schaufensterscheiben zusammen, durch die das elektrische Licht jetzt wie der Tranfunzelschein aus Eskimoschneehütten drang. Aber das schien es auch nicht zu sein, denn am Antonplatz unten hörten die Läden ja auf, die Spannung aber nahm zu. Ich mußte erst in die Lehderstraße einbiegen und dann in die erste Toreinfahrt der Kugellagerfabrik, ehe ich an meinem Herzklopfen merkte, es hatte mit der ›Indra-Diele‹ zu tun.

In der zweiten Toreinfahrt blieb ich stehen und nahm ächzend Vaters Sommerhut ab, den er mir jetzt immer lieh und klopfte den Schnee von der Krempe und kämmte mich und rückte mir vor dem Taschenspiegel die Krawatte zurecht; nichts wichtiger heute, als einen korrekten Eindruck zu machen.

Leider hatte ich mich verspätet, denn durch das Trommeln und das Schrillen der Flöten hindurch, das beides so unabänderlich

und deprimierend monoton wie je aus der Turnhalle herüberdröhnte, war jetzt auch deutlich die ernste, einprägsame und von der Leere des Saals noch erheblich verstärkte Stimme Herrn Löwys zu hören.
»Anlächeln und sich voreinander verneigen«, sagte er gerade. »Eben darin beruht ja der einmalige Charme dieses geselligen Tanzes.«
Es schien die Weihnachtspolonaise zu sein, was er erklärte. Mir war auf einmal entsetzlich traurig zumute.
Ich sah Vater vor den ausgestopften Tieren sitzen, die man ihm brachte und auf ihrer Seite mit Leim und Pinzette gegen die Vergänglichkeit fechten. Ich sah Herrn Löwy, die zierlichen Daumen unter dem altertümlichen Rock in die Ärmellöcher der Weste geschoben, in einer Welt des Marschschritts, der Trommeln und Pfeifen einer Schar Jungens, die sich nach Beendigung dieses Kurses für immer abwenden würden von ihm, Polonaise und Tango, Foxtrott und Walzer beibringen. Und ich sah Hanna, wenn die Mädels sie darum baten, auf ihren großen flachgetanzten Füßen und mit locker erhobenen Armen, zur selben Zeit, da im Lustgarten die Lautsprecher dröhnten, auf dem ölfleckigen Boden der ehemaligen Maschinenhalle da drin schwerelose Ballettschritte tun. Und ich sah auch Kalle im Konsum, und Richard am Kaldaunenkessel, und Ella im Treibhaus, und Erwin im Sargmagazin. Ich sah sie alle, und *ich* stand hier und hörte die Pfeifen und lauschte den Trommeln.
Ich wußte nicht, was plötzlich los war mit mir, ich schluckte auf einmal; und da ging das Geflenne schon los.
»Hörn Sie bloß auf«, sagte vom Saaleingang her eine schleppende Stimme; »davon wird's auch nicht besser.«
Im selben Augenblick wurde mir klar, was sich geändert hatte: Kuhnke war weg; zwei Tage vorm Weihnachtsball hatte die ›Indra-Diele‹ ihren Beschützer verloren. Denn der in seinem zerbeulten Mantel und mit stumpf funkelnden Brillengläsern und in Kindergröße dort stand, das war Max. Ich stellte das Heulen, so gut ich's konnte, auch ein und ging zu ihm hin. »Was ist passiert.«
»Es war ihm zu kalt«, sagte Max; »da ist er in die SA eingetreten. Hörn Sie – ?« Er hob den Zeigefinger.
Ich lauschte. Aus den an sich schon furchtbar quietschenden Flötentönen fiel deutlich eine *besonders* falsch gespielte heraus.
»Das ist er«, sagte Max seufzend. »Zu dumm; ab morgen sollte er seine Weihnachtsmannmontur tragen.«
Mich fror. Ich fragte Max, ob wir reingehen können; sicher brauche man ihn doch am Klavier.
»Das macht Hanna für mich«, sagte er heiser. »Allerdings nur unter einer Bedingung.« Seine stumpf schimmernden Gläser hoben sich etwas empor.

Aber er sah mich nicht an, er blickte an mir vorbei: »Sie möchte Sie heute abend nicht sehn.«
Ich schluckte, doch das Würgen im Hals ging nicht weg.
»Sie müssen Sie verstehn«, sagte Max. »Sie war angetan von Ihnen. Sie mochte Sie leiden, weil Sie sich soviel Mühe gaben, mit Ihrer Ungeschicklichkeit fertigzuwerden. ›Obwohl er täglich unterliegt‹, sagte sie, ›versucht er es stündlich von neuem. Man muß ihn fast lieben dafür.‹«
»*Lieben* —?« fragte ich, und meine Stimme brach weg und schlug tief unten, in irgendeinem dröhnenden Geheimverlies auf: »hat sie tatsächlich ›*lieben*‹ gesagt?«
»*Fast*«, verbesserte Max; »sie hat von *fast* lieben gesprochen.«
Ich war völlig benommen. »Weihnachten«, stammelte ich, und meine Stimme stieg lerchengleich wieder in die schwindelerregenden Höhen eines Fistelsoprans hinauf, »Weihnachten ist aber doch nicht *fast*, sondern *bestimmt* das Fest der Liebe, nicht wahr?«
Max lauschte abwesend zu den Trommeln hinüber. »Fragt sich, wer's feiert.«
Da hatte er recht; er verfügte über eine schreckliche Art, einen wieder nüchtern zu machen. »Also *fast*«, sagte ich müde; »und was jetzt?«
Max hob die Schultern, bis sie an seine sanft abstehenden Ohrläppchen stießen. »Nu —: Sie wird Sie vergessen. Aus. Aus und vorbei.«
Als sei das für Hanna das Stichwort gewesen, ging drin die Polonaise jetzt los.
»Was denn«, sagte ich mühsam; »und das bloß wegen Kalle? Ich hab doch nur Kakao getrunken mit ihr!«
»Schade, daß Sie so unreife Antworten geben.« Max schob bekümmert sein blaurasiertes Kinderkinn vor. »Obwohl, ich sehe ein, Sie können nicht anders; eben *das* hat ja Hanna an Ihnen geliebt.«
»Da —!« rief ich; »jetzt sagen Sie's selber: ›*geliebt*‹!« Ein Schwindel ergriff mich. »Ich — ich muß zu ihr! Ich fall ihr zu Füßen! Ich werd's ihr erklären!«
»Lassen Sie Hannas Füße aus dem Spiel«, sagte Max brüsk. »Und bitte sehen Sie doch wenigstens ein: Sie ist nicht eifersüchtig, sondern enttäuscht.« Er hob sich wippend auf die Zehen, um besser an mir hochblicken zu können: »Haben Sie irgendein Organ entwickelt, um zu begreifen, daß das ein Unterschied ist?«
»Ich liebe Hanna«, sagte ich schlicht.
Ächzend fiel er wieder auf die Ballen zurück. »Sie hat Ihnen übelgenommen, daß Sie zu so billigen Mätzchen wie Hauttönungen Zuflucht nehmen. Ein Mensch, meint sie, müsse sich

Der dort stand, das war Max

in jeder Pore bejahen. Wenn Sie da als Gegenleistung das Bedürfnis verspüren, von Liebe zu sprechen —.«
»Allerdings«, sagte ich fest. »Und wenn Sie mich *noch* so sehr davon abbringen wollen: *Sie* liebt mich ja auch.«
Max stöhnte. »Sie sollten ihr dankbar sein, daß Sie sich irren.«
»Ich *bin* ihr auch dankbar!« rief ich, denn das Klavierspiel war lauter geworden, und man hörte nun auch das rhythmische Klatschen Herrn Löwys dazu.
Max nickte erschöpft. »Und mit einigem Recht. Schließlich hat Fräulein Kalle ihr sofort an Ort und Stelle versprechen müssen, nichts von dem Vorfall den andern zu sagen.«
Ich richtete mich etwas auf: »Der Großmut einer Geliebten.«
»Wenn Sie mir zum letztenmal gestatten, Sie zu verbessern«, sagte Max mit zitternder Unterlippe: »Nicht der Großmut einer Geliebten, sondern die Zwangslage einer Erzieherin.«

Nein, es nützte ihm nichts; ich wußte jetzt, was ich an Hanna hatte. Sollte sie mir ruhig diesen einen Abend lang zürnen; was übermorgen den Abschlußball anging, da brauchte ich sie ja nur an ihr Versprechen vom ersten Tag zu erinnern. Vater konnte stolz sein auf mich; mit Hanna im Herzen würde ich es am Ballabend mit jeder aufnehmen. Und Vater *war* auch stolz auf mich; ich merkte es, als wir am nächsten Tag zu Peek & Cloppenburg gingen und den dunkelblauen Anzug probierten. In seiner grenzenlosen Freundlichkeit hatte Vater ihn bereits ändern lassen; so blieben mir die üblichen Erniedrigungen, wie zu kurze Ärmel, zu weite Hosen, erspart. Nur die Schultern waren zu breit; aber der Verkäufer, ein Meister seines Faches, er meinte, da wüchse ich allmählich schon rein.
Leider nur nicht bis morgen, dachte ich, die überhängenden Schulterpolster, die entfernt an die Tressen eines Tambourmajors gemahnten, im Spiegel betrachtend.
Trotzdem, es war, was diesen Anzug betraf, wohl so ziemlich der glücklichste Tag meines Lebens. Sowohl im Kaufhaus Tietz am Alexanderplatz, als auch gegenüber bei Aschinger und schließlich bei Kranzler Unter den Linden führten Vater und ich meinen neuen Anzug dann vor, und nirgendwo in dem Weihnachtsbetrieb fiel ich mehr auf, oder nahm man noch an meiner Länge Anstoß wie sonst oder wurde über meine Nase gelästert; dieser Anzug hatte mich wirklich einen enormen Schritt vorwärts gebracht. Allerdings er nicht allein: auch meine Liebe zu Hanna. Und dann — wir hatten vor Aufregung vergessen, daß Weihnachten gewesen war und auch überhaupt nicht geschlafen die Nacht — war der große Tag, an dem ich beweisen sollte, ich war ein Charmeur, ein Weltmann geworden, endgültig da.

Wir hatten uns gegenseitig vom Dienst suspendiert, so daß wir, bereits in unseren guten Anzügen steckend, schon am frühen Nachmittag mal bei der ›Indra-Diele‹ vorbeisehen konnten.
Es war überwältigend. Ellas Chef, der Gärtner, hatte im zweiten Hinterhof eine riesige Fichte aufstellen lassen. Sie schien schon gestern hingestellt worden zu sein, denn sie war über und über mit Neuschnee bedeckt, was mit den bunten elektrischen Kerzen zusammen und gegen den strahlend blauen Himmel nun wirklich wunderbar wirkte. Und der Kokosläufer, der unter dem Wellblechbaldachin ausgelegt werden sollte, stand als riesige Rolle mit der Aufschrift ›Vor Nässe zu schützen!‹ auch schon bereit.
Im Saal wurde gehämmert, gepfiffen, Klavier gespielt und gefegt. Es war diesmal Herr Löwy, der spielte. Er hatte, da noch nicht geheizt worden war, seine grauen Wildlederhandschuhe an und einen endlosen Wollschal um, der auf dem Fußboden schleifte.
»Ich glaube«, sagte Vater ergriffen, »wir haben es hier mit einem wirklichen Künstler zu tun.«
Ich war nicht erst jetzt dieser Meinung; obwohl nun auch verstärkend hinzukam, daß Herr Löwy über einen bedeutend weicheren, um nicht zu sagen: versöhnlicheren Anschlag verfügte, als Hanna und Max; was besonders dem Weihnachtsliederpotpourri, das er konzentriert vom Blatt spielte, ausgezeichnet bekam.
Der Saal hatte sich in eine Waldkulisse verwandelt; alle vier Wände waren mit duftenden Fichtenzweigen drapiert. Vor einer Edeltanne in der Mitte des Raums stand Max auf einer gewaltigen Leiter und warf – kleiner und blauwangiger wirkend dort oben denn je – kringelnde Engelhaargirlanden über die Zweige, und überall waren von den Jungens und Mädels welche dabei, Tische und Bänke aufzustellen; und ein Bierfaß wurde gerollt, und Holz wurde gehackt, und die Sonne fiel in schrägen, staubflirrenden Balken durch die Fenster herein, und der ganze riesige Raum war mit Welt und mit Weihnacht gefüllt.
»Breughel«, sagte Vater verzückt, »erinnerst du dich an die Winterbilder von ihm?« Er rieb sich fröhlich fröstelnd die Hände: »So sieht das hier aus.« Er redete noch, da waren draußen Marschkommandos zu hören, und schon kam auch eine SA-Kolonne mit runtergeklappten Sturmriemen und tiefsitzenden Mützen um die Ecke des zweiten Hinterhofes geschwenkt.
»Um Gottes willen«, flüsterte Vater, »wo ist denn bloß Kuhnke, der die fürs erste abfangen kann!«
»Er marschiert im ersten Glied«, sagte ich; »erkennst du ihn nicht?«
Doch; Vater erkannte ihn jetzt. Auf ein Kommando hin nämlich hielt die Kolonne, und kaum stand sie, da trat Kuhnke hervor,

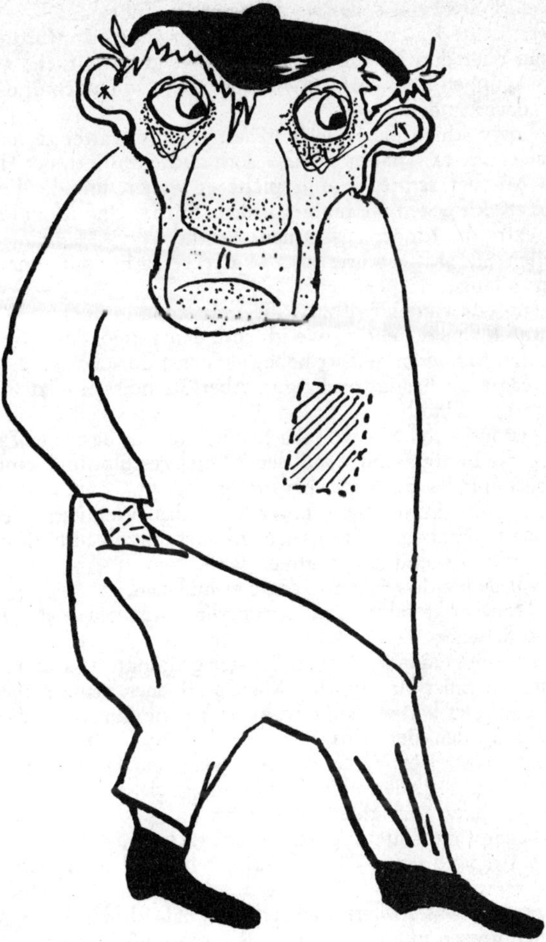

Kuhnke trat vor

und er rief: »Das ist die Kaschemme, wo, statt das alte Brauchtum zu fördern, dekadent geschwoft werden soll! Das heißt, die jungen Leute«, sagte Kuhnke, »die können nichts 'für. Aber ich werd euch *den* zeigen, der sie zu so was verführt.«
»Los«, zischte Vater und strengte sich vergeblich an, furchteinflößend oder doch wenigstens haltgebietend zu wirken; »saus rein; sag ihnen Bescheid! Ich will versuchen, so lange mit denen hier zu verhandeln.«
Herr Löwy schien die Hiobsbotschaft schon erwartet zu haben. »Aha«, sagte er; »hat er sie also doch noch geschickt, der Herodes.« Mit der rechten Hand spielte er weiter, mit der linken tippte er sich gegen die fahlgewordene Stirn. »Und *ich* hol auch noch extra die Kinder zusammen! Verrückt.«
»Beeilen Sie sich!« schrie ich; »Vater versucht, mit ihnen zu reden so lange.«
»›Reden‹ —!« Herr Löwy warf die freie Hand in die Luft. »*Lehren* muß man sie. Lehren, wie ich euch den Tango, den Foxtrott, die guten Manieren gelehrt habe; verstehst du.«
»Ja«, sagte ich hastig; »sehr gut. Aber Sie müssen jetzt weg!« Ich zerrte ihn hoch.
»Was ist los?« rief Max von der Leiter herab. Er hatte der Tanne gerade die Buntglasspitze auf den Wipfel gestülpt und kam die Sprossen nun hastig wieder heruntergetrippelt.
Jetzt endlich hörte Herr Löwy auf, das Weihnachtsliederpotpourri weiterzuspielen. Er sah sich erst um, ob auch niemand ihn hörte. »Sie sind da«, sagte er dann.
Max wurde bleich. »Schade«, sagte er mühsam.
Herr Löwy nickte abwesend. »Immerhin: wenigstens den Kurs abgeschlossen.«
Ich hatte sie gerade beide zum Fenster gedrängt, da stürzte Vater herein. Ein paar von den Mädels schienen seine Erregung für freudig zu halten. Nicht wahr, riefen sie ihm nach, das sei schön geworden hier drin?
»Wunderbar«, rief Vater zurück. »Schnell«, keuchte er; »ich habe gesagt, Sie seien nicht hier. Da sind sie, von Kuhnke geführt, zu Ihnen nach Hause marschiert.«
Max begann die Unterlippe zu zittern. »Hanna —« flüsterte er; »sie wollte noch ihren Tüllrock aufbügeln für den Auftritt heut abend.«
Mir zerrte etwas so heftig am Herzen, daß ich den Ellenbogen dagegenpressen mußte. »Ich hol sie«, sagte ich heiser.
»Gut«, nickte Vater. »Wir treffen uns am Nordostrand von Weißensee, Chaussee Richtung Malchow. Alles klar?«
Ich fragte noch nach der Adresse, dann rannte ich los.
Ich hatte Glück; vom Antonplatz fuhr gerade die Straßenbahn ab. Ich sprang auf, und gleich nach der zweiten Station überholten wir Kuhnke und die etwa zwanzig andern Marschieren-

den auch. Sie sangen; man konnte es an den Atemfetzen erkennen, die ihnen in rhythmischen Abständen vom Munde weggingen.

Die Weihnachtsauslagen die Berliner Allee hoch waren wieder freigefegt worden; in der schnell sinkenden Dämmerung sahen die grauen, schneebedeckten Häuser gegen den tintigen Himmel aus wie eine Adventskalenderkulisse. ›Hübsch‹, hätte man eigentlich sagen müssen; aber ich sagte es nicht, ich dachte es nicht mal; ich dachte nur ›Hanna‹.

Zwischen der dritten und vierten Station sprang ich ab. Ich fiel in einen Schneehaufen und rappelte mich auf und rannte zur Pistoriusstraße hinüber.

Nummer neun war es; ein altes, ernst blickendes Haus. Das Gaslicht im Flur funktionierte nicht. Aber durch die bunten, bleieingefaßten Scheiben fiel noch der blasse Schneewiderschein rein. Zweiter Stock links stand Josef Löwy, ›Tanzpädagoge‹ an einer narbigen Tür. Ich klopfte.

»Kann jetzt nicht«, sagte Hanna von innen.

»Sie *müssen*«, keuchte ich.

Ein paar tappende Schritte, dann öffnete sich spaltbreit die Tür. Aber der Spalt genügte, um Hanna ganz erscheinen zu lassen. Da stand sie, ja: auf ihren großen, in zerlederten Balettschuhen steckenden Füßen und in einem uralten, viel zu kurzen und tausendmal geflickten Tricot.

»Ich trainiere«, sagte sie barsch. »Ich tanze was aus der Nußknackersuite heute abend.«

»Sie haben acht Minuten Zeit«, unterbrach ich sie hastig, »dann sind sie hier.«

Sie verstand mich sofort. »Kommen Sie rein.«

Ich folgte ihr in ein grell erleuchtetes Zimmer.

»Legen Sie ab.«

Ich sagte, daß mir nicht danach sei.

»Legen Sie ab«, sagte Hanna; »ich möchte Ihren schönen neuen Anzug bewundern.«

Fahrig pellte ich mich aus dem Mantel.

Sie legte den Kopf schief und kniff prüfend ein Auge zusammen. »Steht Ihnen famos. Schultern ein bißchen *zu* überbetont.«

»Ich weiß«, sagte ich; »aber der Verkäufer meinte, ich wüchse noch rein.«

»Bestimmt«, sagte Hanna.

Sie fing an, sich ein paar Pullover und Röcke übereinander anzuziehen. Warum sie sich nicht nach Max und ihrem Vater erkundigte, fragte ich sie.

»Weil Sie heute ein Mann geworden sind«, sagte Hanna. »Weil ich Ihnen vertraue. Sie werden mich zu ihnen bringen.«

Sie hatte noch immer ihre Balettschuhe an. In denen tappte sie raus, ich hörte sie am Herd hantieren, dann kam sie mit einer

Tasse Kaffee zurück und blieb hart vor mir stehen. »Trinken Sie.«
»Ich weiß nicht«, sagte ich heiser; »aber sollten wir jetzt nicht *doch* lieber –«
»Sie merken es nicht«, sagte sie; »schade.«
Ich nahm ihr schnell die Tasse ab und trank zitternd einige Schlucke.
»Was denn merken?«
»Daß ich Ihnen was schenke. Ein Weihnachtsgeschenk, gegen das alle Geschenke, die Sie bisher gekriegt haben oder in Zukunft noch kriegen, verblassen.«
Unsicher blinzelnd sah ich an ihr empor.
Ihr dunkler Schnurrbartflaum kräuselte sich etwas; zum erstenmal schien sie zu lächeln. »Zeit –«, sagte sie; »ich schenke Ihnen meine Zeit: Das Kostbarste, was ich im Augenblick habe.«
Fünf Herzschläge lang blieb sie starr vor mir stehen. Dann rannte sie raus, und ich hörte sie fluchend ihre Schuhe anziehen.

Zwanzig Minuten später vielleicht stieß uns unsanft der Busschaffner an. Wir hatten uns für alle Fälle schlafend gestellt, nur manchmal mit spaltschmal geöffneten Lidern in den Fenstern draußen die wiederangezündeten Weihnachtsbäume gezählt.
Hier war Berlin jetzt zu Ende. Ein strenger, frostklarer Geruch von alten Kohlstrünken lag in der Luft. Der kam von den Rieselfeldern herüber.
Ich trug die beiden Koffer; sie hatten fertig gepackt im Kleiderschrank gestanden; Hanna, die Fäuste in die Manteltaschen gebohrt, lief hinter mir her.
Nach einer Weile sahen wir sie vor uns über die knisternde Harschdecke kommen. Noch nie war mir Maxens Winzigkeit so aufgefallen wie hier auf dieser weißen Schneefläche jetzt; da lief nicht mehr Max, da lief jetzt ein Kind.
Einen Augenblick standen wir alle schweigend und frierend zusammen.
»Vielleicht«, sagte Vater mühsam, »kann der Ball trotzdem stattfinden. Ich denke, es wird in Ihrem Sinne sein, wenn wir's versuchen.«
Herr Löwy nickte abwesend. »Es ist zwar nicht unser Fest, das die Welt dieser Tage begeht; aber ›Friede auf Erden‹, ich meine, das sollte man doch unterschreiben.«
Vater blickte verkniffen zu den frostig glänzenden Sternen hinauf. »Nur mit dem ›Wohlgefallen‹ komm ich nicht so ganz klar.«
»Vielleicht«, sagte Max und hüstelte sanft, »sollten wir's mehr *aneinander* empfinden, als an etwas da oben.«

Uns fror

»Gute Idee«, sagte Vater; »wolln sehn, was draus wird.«
Wir schüttelten uns die Hände; so kalt sie waren, es dauerte lange, ehe wir uns entschließen konnten, sie wieder in die Taschen zu stecken.
»Sie kennen den Weg«, sagte Vater darauf: »Malchow, Blumberg, Werneuchen. Von da mit der Bahn. Noch nicht mal ein Tag, und Sie sind im Polnischen drüben.«
Max und Herr Löwy nahmen die Koffer auf, dann gingen sie los.
Wir standen da und sahen ihnen nach; jetzt, so auf der Endlosigkeit der verschneiten Chaussee, wirkten die drei tatsächlich wie ein Elternpaar mit seinem Kind.

Der große Betrug

Es ist vielleicht nicht sehr zeitgemäß, das ausgerechnet jetzt zu erzählen; aber was hilft's, man kann so was nicht ewig mit sich herumtragen. Es war im Krieg; das heißt, der ging nun allmählich aufs Ende zu; wir rannten nur noch, wir wollten nach

Hause. Meine Schuhe waren kaputt, ihre nagligen Mäuler scheffelten Schnee bei jedem Schritt. Das gab einen Schnupfen, eine Erkältung, eine Lungenentzündung, und als dann nichts mehr los war mit mir, da ließ man mich liegen. Nicht irgendwo, nein: in einem Dorf; in Swakopolje.
Das lag schon in der Ukraine; es bestand aus siebzehn Lehmkaten, etwa fünfzig Seelen, elf Hühnern und achtzehn Ikonen (der Starost hatte auch im Flur eine hängen). Die Leute dort waren, wie eigentlich überall, wo einen der Krieg hinverschlagen hatte in diesem Land, friedlich, schicksalsergeben und nett. Sie standen meist den ganzen Tag hinter den Fenstern, die mit hübschen, aus Prawda-Seiten geschnittenen Gardinen verziert waren, kauten Sonnenblumenkerne und starrten hinaus.
Es war ein merkwürdiges Wetter; es roch nach Frühling, nach Rauch und nach Freiheit, und als ich das erstemal wieder zu mir kam, schmolz schon der Schnee auf der Dorfstraße, und wurde der Ziehbrunnenbalken bewegt, schwang da ein derart melodiöses Knarren mit, daß man Herzweh bekam. Ich fühlte mich elend, ich hatte schon seit Tagen nichts mehr gegessen. Aber daß in Skwakopolje nichts zu holen war, merkte man gleich. Es genügte, in die Gesichter hinter den Scheiben zu blicken; sie unterschieden sich von meinem lediglich dadurch, daß sie gleichmütiger wirkten; Löcher in den Backen hatten wir alle.
Nur den Hühnern schien es besser zu gehen, sie hatten wohl schon den Frühling im Blut. Sie schlugen aufgebracht mit den Flügeln und rannten wie besessen und unmotiviert gackernd in der Märzsonne herum. Allerdings ging ihre Freude, wie die zahllosen Federhaufen im Dorf und auf den Feldern bewiesen, auf Kosten mindestens eines weiteren Dutzend, die ihr Leben, wenn auch gezwungenermaßen, den Resten der deutschen Armee zur Verfügung gestellt hatten. Doch was kümmert die Hühner der Heldentot? Es war März, bald begannen sich auf den Äckern die Würmer zu regen, da sollte man als ukrainische Henne dem Trübsal verfallen? Ich als Mensch, (aber war ich schon einer? Doch wohl noch nicht. Also:) ich als verkrachter Soldat hatte es schwerer; mich reizte die Freude der Hühner. Gewiß, sie brauchten nicht direkt traurig zu sein, aber *so* ausgelassen nun auch wieder nicht; ich fand, man mußte ihnen eine Lektion erteilen. Genauer gesprochen, ich versuchte, meinen Wunsch, eins von ihnen zu essen, ins Ethische zu übertragen.
Ich hob auch, gewissermaßen zur Probe, schon mal einen Stein auf und wog ihn unverfänglich in der Hand; aber dann sah ich wieder die gleichmütig Sonnenblumenkerne kauenden Gesichter hinter den Scheiben und malte mir aus, wie meine Vorgänger hier gehaust haben mochten, und wie jene Gesichter ihnen bei der Hühnerjagd sicher ebenso zugesehen hatten, und da brachte ich es nicht fertig. Ich ließ den Stein fallen, als hätte ich mit ihm

gespielt, stieß ihn nochmal übertrieben forsch mit der Fußspitze an und verkroch mich in einer der Katen.
Doch was nützt der Vorsatz, redlich zu bleiben, wenn die Umstände einen zur Unredlichkeit zwingen? Ich habe mir wirklich alle Mühe gegeben zu schlafen; aber der Hunger ließ es nicht zu. Schließlich hörte ich auf, Strohhalme zu kauen, vertrieb meine Kotelett- und Schnitzelvisionen und dachte angestrengt nach. Wie aber, wenn man auf dem Tauschweg zu einem Huhn käme? Ich tastete an mir herum; doch es gab keinen Tauschwert an mir, höchstens die Schuhe; aber *so* warm war es nun auch wieder nicht. Da fiel mir der Fotoapparat ein, den der Zahlmeister, um besser rennen zu können, weggeschmissen hatte. Das heißt, Fotoapparat war übertrieben, es war nur noch die Hülle, der schwarze Kasten mit den verchromten Beschlägen; das Innere hatte ich entfernt, ich bewahrte Schneckenhäuser und bunte Steine darin, denn ich hatte vorgesorgt und wollte in der Gefangenschaft keine Langeweile bekommen.
Ich holte den Kasten aus dem Brotbeutel und versuchte, im Dunkeln zu erkennen, ob noch Staat mit ihm zu machen sei. O ja, durchaus; sogar Sucher und Auslöser waren noch dran. Wenn man das alles ein bißchen polierte, konnte ein Uneingeweihter ohne weiteres dem Trugschluß verfallen, einen vollwertigen Apparat vor sich zu haben. Nein, ich wollte den Kasten nicht eintauschen, ich wollte die Leute überreden, ein Gruppenfoto von sich machen zu lassen und mir dafür ein Huhn erbitten von ihnen. Dunkel ahnte ich zwar, daß das, da es voraussichtlich das ganze Dorf umfaßte, ein viel größerer Betrug sei, als wenn ich den Kasten einem einzelnen gäbe; doch ich tröstete mich, indem ich mir sagte, jetzt schöpfte wenigstens niemand Verdacht. Und Betrug, der keinen Verdacht aufkommen läßt, hat ja den Betrüger schon immer beinah wieder ehrlich gemacht.
Am darauffolgenden Morgen putzte ich also meine leere Apparathülle blank und trat mit ihr in die Märzsonne hinaus. Das letzte, was meine Kameraden mir zurückgelassen hatten, ihre Nagelschuhspuren im Dorfstraßenschlamm, waren mit milchigem Lufteis gefüllt. Ich trat ein paar der kleinen Kratergebilde entzwei; es klirrte, als würden Fenster zerschlagen, und das Herzklopfen, das ich dabei bekam, brachte mich wieder auf meinen Plan. Unauffällig sah ich zu den Katenfenstern hinüber; sie waren alle besetzt, überall standen die Leute dahinter und blickten Sonnenblumenkerne kauend hinaus.
Ich mußte erst tief Luft holen, ehe ich mit meinen anpreisenden Hantierungen begann: die Sonne sich in den verchromten Beschlägen des Apparatkastens spiegeln ließ; mich, ein Auge zukneifend, über ihn beugte; die Hand vor den Sucher hielt und sinnlos den Auslöser bediente. Wirklich dauerte es auch gar nicht sehr lange, da kamen die ersten Neugierigen herübergeschlen-

dert und beobachteten mich interessiert. Versuchsweise richtete ich den Apparat mal gegen eine der Frauen; und siehe da, sie wurde rot und zerrte an ihrem Kopftuch herum.
»Nix gutes Kleid«, sagte sie heiser.
Ich hatte gewonnen.
Doch sie sollten selber darauf kommen, mich um ein Gruppenfoto zu bitten; ich wollte vor mir die Entschuldigung haben, ich wäre ihrer Bitte nur deshalb gefolgt, weil ich es nicht hätte übers Herz bringen können, sie zu enttäuschen. Am Mittag war dann zwar auch das ganze Dorf um mich versammelt, und immer wieder mußte ich den Kreis der Sonnenblumenkauer um mich zerteilen, weil er mir die Sicht auf Fotografierenswertes verstellte; aber daran, mich von sich aus um ein Foto zu bitten, schien niemand zu denken. Nach schwerem inneren Ringen beschloß ich daher, auf meine Entschuldigung zu verzichten und fragte den Starost, was sie denn davon hielten, wenn ich sie alle zusammen mal knipste.
Der Erfolg war beschämend. Erregt gestikulierend scharten sie sich um den Starost. Die Frauen strichen sich über die Röcke, die Großmütter zupften an ihren Kopftuchzipfeln, die Kinder lasen sich das Stroh von den Steppjacken ab, und die Männer strähnten sich, selbstsicher lächelnd, die Bärte.
Nur der Starost blieb skeptisch. Er schob sich die Fellmütze noch etwas tiefer über die Augen, hob, um dennoch unter ihr hervorsehen zu können, ein wenig das Kinn und fragte gedehnt:
»Umsonst –?«
Er hatte begriffen.
Ich räusperte mich. »Nicht direkt«, sagte ich mühsam.
»Sto –?«
»Ich meine«, sagte ich hastig, »vielleicht könntet ihr mir dafür ein Huhn –.«
Meine Stimme erstarb; bei dem Wort ›Huhn‹ senkten sie alle die Blicke, die Gesten erloschen, und einen Augenblick lang war es plötzlich so still, daß man jetzt fern wieder deutlich das Motordröhnen der sowjetischen Panzer vernahm.
Merkwürdigerweise war aber jetzt gerade der Starost am meisten von dem Projekt angetan.
»Hm«, machte er und schob sich, um ungestört nachdenken zu können, die Mütze vollends über die Augen. Es dauerte einige Zeit, dann kam er wieder darunter hervor. »Und wann kriegen die Bilder –?«
Ja, daran hatte ich auch gerade gedacht. »Njemjezki Armia kaput«, sagte ich keuchend; »nach Hause, dann schicken.«
Er beriet sich flüsternd mit einigen Alten. Die schoben ächzend die Mützen auf ihren Köpfen herum. Mir war gräßlich zumute; je länger sie redeten, desto sorgenvoller wurden ihre Gesichter. Ehrlich gesagt, ich bereute meinen Plan längst; immerhin war

so ein Huhn nicht nur ein möglicher Braten, sondern vor allem auch Eiproduzent; und was hatten sie denn hier in Swakopolje außer Eiern schon groß? Sonnenblumenkerne; sonst nichts.
Aber da drehte der Starost sich seufzend herum. »Karosch«, sagte er, »wir kochen dir eins.«
Jetzt lebte der Lärm von neuem auf; sie wollten wissen, ob ich sie gleich fotografiere. Ich nickte; je eher das hinter mir lag, desto besser. Doch wenn ich gedacht hatte, sie stellten sich jetzt auf, sollte sich das als grundlegender Irrtum erweisen; eigentlich hätte mich ja schon die Antwort jener Frau stutzig gemacht haben müssen; aber wer denkt hungrig an Psychologie? Ich hatte noch nicht mal, um einen geeigneten Platz anzupeilen, meinen Apparat vor die Brust gehoben, da stürmten sie schon davon und verschwanden in ihren Katen. Beunruhigt trat ich an eines der Fenster und starrte hinein.
Drinnen sah es aus wie auf einem geplünderten Marktstand. Leinenballen, Stiefel, Kleidungsstücke, Schmuckborten, Ikonenkästen, Sonnenblumenkernsäckchen – all das lag wahllos auf dem Lehmboden verstreut, und über die aufgeklappte Truhe stand rotgesichtig die Matka gebeugt und förderte immer neue Schätze zutage. Endlich hatte sie, was sie suchte: eine brettsteif gestärkte Leinenbluse; abwesend lächelnd hob sie sie sich unters Kinn.
In den übrigen Katen dieselbe Aufregung. Überall standen die Männer krumm vor den Eimern und bliesen sich aus prallen Backen Wasser über die Hände und wuschen sich prustend, flochten die Babkas sich fiebernd ihre grauen Rattenschwanzzöpfe, probierten die Mädchen Kopftücher aus und kramten die Frauen in den Truhen herum; es war plötzlich Sonntag in Swakopolje. Und ich, der ich das angestellt hatte, ich irrte jetzt da auf der Dorfstraße umher und kam mir so verloren, so ausgestoßen vor wie noch nie.
Aber nun war es für Skrupel zu spät; der Starost erschien in der Tür. Er hatte seine speckige Fellmütze, die ihm ausgezeichnet gestanden hatte, mit einer deutschen Soldatenmütze vertauscht, die ihm gar nicht stand, und steif und würdig ging er von Kate zu Kate und bat alle höflich heraus.
Die Frauen bewegten sich in ihren gestärkten Hemdblusen und ungewohnt sitzenden neuen Kopftüchern, als befürchteten sie, bei einem zu heftig bemessenen Schritt zu zerbrechen. Die Männer hatten vor allem Wert auf sorgsam gezogene Scheitel gelegt; was bestimmt nicht einfach gewesen war, denn ihre schwarzen Mähnen schätzen derartige Bestrebungen nicht sehr, und es war auch nur mit Wasser gegen sie anzugehen gewesen, das sich jetzt in silbern gepunkteten Rinnsalen zwischen den tief gekerbten Feiertagsfalten verlor. Wie ich mir denn das alles so gedacht hätte, wollte der Starost gern wissen. Selbst seine Stimme

hatte sich angesichts des bevorstehenden Ereignisses verwandelt, sie klang nun dienstlich und spröde, und er konnte die Erregung in ihr nur sehr schwer verbergen. Ich erklärte ihm, es sei das beste, die Gruppe nicht in die Breite, sondern in die Tiefe zu staffeln, und angewidert stellte ich fest, ich drückte mich bereits wie ein perfekter Hochstapler aus.
Es war jedoch gar nicht so einfach, die siebenundvierzig Seelen derart zu ordnen, daß auch nur annähernd die Möglichkeit bestand, sie alle im Sucher zu haben. Und auch Sonderwünsche mußten einkalkuliert werden. So wollte der Starost zum Beispiel im Mittelpunkt stehen, hätte damit jedoch die hinter ihm aufgebauten Frauen verdeckt; kurz, es vergingen gute zwei Stunden, bis alles arrangiert war. Wir hatten uns auf einen Kompromißvorschlag der Frauen geeinigt: Die Kinder, einander bei den Händen haltend, saßen im Vordergrund, die Frauen knieten dahinter und hatten ihnen die Hände auf die Köpfe und Schultern gelegt, und hinter den Frauen standen die Männer.
Ich sah durch den Sucher. Es wäre eine wundervolle Aufnahme geworden: Die Nachmittagssonne lag warm auf den Kopftüchern der Frauen, die starr, und doch aus den Augenwinkeln verstohlen zu mir herüberschielend, ins Weite blickten. Die Kinder trugen einen Ernst zur Schau, als seien ihre Sonnenblumengesichter aus Holz geschnitzt worden, und die Männer gar, in ihren feiertagsweißen, am Kragen buntgestickten Hemden, hatten ihren Zügen eine Konzentration aufgezwungen, die ans Überirdische grenzte. Ich zitterte; das war mehr als Hochstapelei und Betrug, was ich hier tat; das war Frevel, war ein Verbrechen. Doch sie begannen schon unruhig zu werden, ich merkte es an den Blinzelblicken der Babkas, die die Sonne auf ihren schlafnischendunkelgewöhnten Augen nicht so lange vertrugen; es half alles nichts, ich mußte jetzt knipsen.
Das Geräusch, das der Auslöser erzeugte, erinnerte an das Knakken, das beim Entsichern des Gewehrschlosses entsteht; das schien mir kein Zufall zu sein: Das Schicksal legte sein Gewehr auf mich an; ich hatte es nicht anders verdient.
»Nu –?« sagte der Starost, ohne sich zu bewegen; »was ist: Karosch?«
»Karosch«, sagte ich.
Da erst löste die Gruppe sich auf. Sie tat es widerstrebend, als bedauerte man, die mühsam erarbeitete Haltung schon so schnell

wieder aufgeben zu müssen. Die meisten hielten auch noch den ganzen Tag lang an ihrem Foto-Ernst fest; vor allem die Frauen brachten es nicht übers Herz, die so gut zu ihren gestärkten Blusen passende Sammlung nun wieder aus ihren Gesichtern zu bannen; und die Kinder schritten noch bis weit in den Abend hinein steif und stumm wie geheime Prozessionsteilnehmer einher.

Bei Einbruch der Dunkelheit gab es auch endlich das Huhn. Der Starost hatte Wert darauf gelegt, es mir in seiner Kate bereiten zu lassen, und dort setzte man es mir dann auch vor. Ich drehte mich so, daß ich der Ikone den Rücken zukehrte und fing an zu essen. Doch das Huhn war zäh und schmeckte abscheulich, und was das Schlimmste war: Die Familie des Starosts saß um mich herum; und alle nickten beglückt, wenn ich in einen der dürftigen Schenkel biß und gaben mir durch schmatzende »karoschs« zu verstehen, daß ich da aber auch wirklich etwas Hervorragendes äße. Doch ich aß nicht, ich würgte. Ich war zu überhungert; mein Magen hatte verlernt, etwas aufzunehmen. Wenn es nach mir gegangen wäre, hätte ich meine Gastgeber gebeten, das Huhn selber zu essen. Aber es ging hier schon lange nicht mehr nach mir.

Tatsächlich schlang ich den Unglücksvogel dann auch zu Ende hinunter. In der Nacht jedoch erbrach ich das ganze und fieberte wieder. Am Morgen hielten sowjetische Spähwagen vorm Dorf. Gewiß, es lag nah, daß sie kommen mußten; doch diese hier hatte das Schicksal gesandt. Ich versuchte daher auch gar nicht erst, mich zu verstecken; ich humpelte hinaus und hob, in der Rechten die Hülle des Fotoapparates, die Hände empor. Der Soldat, der mich vor sich herstieß, schien der Meinung zu sein, der Blechkasten könne Sprengstoff enthalten; er schlug ihn mir aus der Hand und ging auch gleich in Deckung darauf. Aber der Kasten rollte nur friedlich vor die Kate des Starosts; der Deckel war abgesprungen, und man konnte die Schneckenhäuser und Kieselsteine im rostigen Innern erkennen. Der Starost stand mit seiner Familie hinter den Prawda-Gardinen, sie hatten die Stirnen an die Scheiben gepreßt und starrten die ausgeschlachtete Apparathülle an; es war das erste Mal, daß sie aufgehört hatten, ihre Sonnenblumenkerne zu kauen.

Ob man mal wieder nach Swakopolje kommt? Ich habe jetzt einen richtigen Apparat; ich würde gern etwas gutmachen.

Herbstblatt

Behutsam beginnt sich der Nebel zu lichten. Hier auf dem Wasser geht das langsamer vonstatten als drüben am Ufer zwischen den Kiefern. Man weiß auch nicht recht: steigt er nun oder fällt er. Es ist wie mit einer gewissen Sorte von Engeln. Wahrschein-

lich steigt er, denn die Erlen am Seerand scheinen plötzlich zu wachsen; das macht: der Nebel gibt die Kronen zuletzt frei; schließlich hängt nur noch ein vager Fetzen im kahlen Geäst.
Nun ist auch der Haubentaucher erwacht. Sein schnarchender Schrei zersägt den Morgen in tauige Blöcke, sie sind hier bis zum Himmel gestapelt. In einem ist die verschwimmende Silhouette eines ermüdeten Fischreihers eingelassen, eine andere spiegelt den gallertartigen Glanz einer träge dämmernden Schlammbank. Das Wasser dampft; der ganze See ist eine riesige randvoll gefüllte Suppenterrine. Da sind auch schon die ersten Pensionsgäste: Krähen. Parzenhaft-mißmutig stoßen sie auf den Seespiegel herab und angeln Ukeleis. Sollen sie; unsereins hat es nicht nötig, aus Hunger zu fischen. Wenn ich ehrlich sein soll, ich habe die Angel nur zum Vergnügen ins Wasser gehängt. Schließlich, was beißt denn schon noch, jetzt im Oktober. Allenfalls ein lustloser Blei, ein bläßliches Bärschlein. Die guten Sachen: die goldene Karausche, der milchhäutige Schlei, sie haben sich längst auf den Grund sinken lassen und träumen in wallendem Algengewog von dicklich gemästeten Wasserflohschwärmen.
Es haucht schon machtvoll Kühle durch die Bootsplanken herauf. Nicht lange mehr, und Frostgärtner Winter klappt über die ganze Herrlichkeit hier sein Eisfenster runter. Da stoßen sie dann erstaunt mit den Schnauzen ans Eis, die schuppigen Luftholer und starren lidlosen Blicks zum sanft verzerrten Himmel hinauf. Er wird dann ein grünlicher Fischhimmel sein; wie es, wenn ihn ein Rehauge mustert, ein heuballenträchtiger Rehhimmel sein wird; so liebenswürdig blufft der Herrgott seine Geschöpfe.
Man sollte es nicht für möglich halten, es hat was gebissen. Ja, ich habe eine Aalquappe gefangen. Ein glibbriges Ding mit dem Kopf eines arg verbitterten Junggesellen, kahl und ganz freudlos; aber: mit wunderbar opalisierenden Froschkönigaugen. Nicht groß, so lang wie mein Unterarm etwa; oben haigrau und olivgrün, unten wie das Bett eines kieselsteinführenden Spessartwildbachs: gelbblau gesprenkelt, und die gelblichen Sprenkel jedesmal in zartestes Braun übergehend, ein Braun, das ans Goldene grenzt, ans Tabaksgold verrauchter Ikonen. Andächtig ließ ich das Wesen wieder zu Wasser. Es sank hinab wie ein Stein. Schätze, es steckt was Verzaubertes in ihm. Ein Studienrat, der Selbstmord beging. (Pedellstochter verführt.) Nun muß er eine Aalquappe sein. ›Muß‹? *Darf.*
Dieser Herbst mutet an wie ein längst pensionsberechtigter Rotundenbewacher. Immer wieder schlurft er asthmatisch übers leergefegte Himmelsrund hin und wischt da oben mit sprühenden Böen die Fliesen. Man erkennt ihn an der verblaßten Sonnenkokarde, die er an seiner Dienstmütze trägt. Nichts gegen

Er spähte nach einer Blöße

Kokarden; auch diese war einst ein Schmückstück des Alls. Nun aber ist sie blaß geworden und dünn, eine abgegriffene Münze, die der Frühling erst aufwerten muß.
Eine Wasserspinne läuft neben dem Kahn her. Ja, sie läuft auf dem Wasser. Sie hat Fett an den Füßen; sieht man genau hin, kann man erkennen, wie sie den Flutspiegel eine achtfache Winzigkeit eindrückt. Tja, und unsereinem würden da auch etliche Kilo Sanella pro Stiefel nichts nützen; klagend sänke man hinab zu den Fischen. Aber: Herren der Schöpfung sein wollen. Nichts schaffen wir, nichts.
Mein Hals ist steif wie ein Rohrdommelschlund. Der Haubentaucher kam bis auf drei Meter heran und schwamm mit skeptisch schiefgehaltenem Kopf um mich herum. Er spähte wohl nach einer Blöße. Hoffe jedoch, ihm keine geboten zu haben. Obwohl: Mensch zu sein genügt hier oft schon, und man ist ein für alle Male erledigt; diese Taucher kennen da nichts. Auch meiner maß einem Kalmusstrunk, den er anschließend besichtigte, weit größere Bedeutung bei, als eben noch mir. Erhebt sich die Frage nach dem menschlichen Wert: Hat er einen als dazugehörig empfunden oder nur als zu übersehendes Ärgernis. Sein Gesichtsausdruck, als er kehrtmachte, bot, ehrlich gesprochen, nur der zweiten Annahme Raum.
Ein Barsch hat gebissen. Zum Glück saß ihm der Haken gleich hinterm Hornrand der Lippe; da war es nicht schwer, ihm das Mordwerkzeug wieder herauszumanipulieren. Und schön zornig, das Wasserzebra; sprang halbe Meter im Kahn hoch. Und einen roten Dornenfächer auf dem buckligen Widerrist, um den ihn die Butterfly hätte beneiden können. Reichlich andert-

halb Hand groß, der Bursche, akkurat Abendbrotgröße. Jedoch: man muß dem Schicksal auch mal einen Verzicht demonstrieren. Also wieder ins Wasser mit ihm. Er war ganz verdutzt; hat wohl schon das Fett bruzzeln hören. Offen gestanden, er nicht allein.
Vom Ufer schallt die Spechttrommel herüber. Magerer Greis gurgelt vorm Mikro mit marmornen Murmeln – so klingt das. Ein Geräusch, das an Tod erinnert und an das blecherne Schnarren des Glücksrads. Am besten, man hört gar nicht erst hin. – Eben von drüben ein Eichelhäherschrei; der war schon ganz in flirrige Frostwatte verpackt, damit sich auch ja kein Hasenohr an ihm weh tut.
Was sagt die Welt dazu! Schon wieder ein Biß. Die Pose schoß abwärts wie ein höllisches Ausrufezeichen. Elektrisiert hieb ich an. Und was hing dran? Ein winziges Hechtlein, diesjährige Brut; nur Schnauze, und wo sie zu Ende war, begann schon der Schwanz. (Typisch, und das Mittelstück spart die Natur wieder ein. Die weiß aber auch, wo sie bleibt.) Indigniert ließ ich den Nachwuchs wieder zu Wasser. Hätte er eine Schulter gehabt, ich hätt sie geklopft. Und gesagt: »Werden Sie erst mal Fisch, junger Mann; nur Schnauze, das sagt noch gar nichts.«
Im Schilfgürtel ist der Bläßhuhnkrieg ausgebrochen; sie gehen aufeinander los wie Regierung und Opposition, man sieht praktisch nur Kielwellen. Und ein Krach! Der Himmel mag wissen, um was die sich streiten. Das heißt, vielleicht ist es auch nur ein Manöver, damit sie im Ernstfall auf Draht sind. Dabei *sind* das gar keine Bläßhühner auf den Drähten jetzt immer; sind Spatzen, allenfalls Krähen. Fällt mir die Geschichte vom Vogel Strauß ein, der sich, vom Zoowärter verfolgt, auf den Telegrafendraht setzt, in der Hoffnung, für eine Schwalbe gehalten zu werden. (Soll ihm jedoch wenig genützt haben; Zoowärter und Militärs zeigen für Existenzangst kein rechtes Verständnis.)

Vier Stunden Handpaddelarbeit

Vergaß zu notieren: Dieser Rum schmeckt hervorragend. Leider ist die Pulle gleich leer. Man müßte eine Flaschenpost daraus machen. Auf vergilbtem Papier mit bläßlicher Tinte ein zähnefletschendes Nietzsche-Zitat. Darunter: »Atlantis, den 17. III. 765 000 a. Chr. n.« Das einem wasserflohfischenden Altphilologen in die bebenden Hände!
Nicht nur der Rum, auch der Tag ist zur Neige gegangen. Schon blaßt auch wieder Erlkönig Wolfgangs Nebelstreif auf. Warte nur, balde/blässelst auch du . . . Und keine Zigarette, es ist zum –
Tatsächlich, alles voll Nebel. Kam heimtückisch über den See gekrochen wie dampfende Lava. – Eben entdeckt: die Ruder verloren. Also mit den Händen zurückpaddeln, auch das noch. Und morgen früh Schwimmhäute und es paßt wieder kein Handschuh.
Wenn bloß dieser Nebel nicht so aufdringlich wäre! Muß ich immer an den Gasalarm denken anno vierzig. Sieht dieser Idiot doch Nebel aufsteigen und schreit plötzlich: »Gaaaas!« Und ich immer Bonbons in der Gasmaskenbüchse; schlimm.
Gelobt sei Poseidon! Eben – allerdings erst zehn Meter vor dem Anlegesteg – die Ruder gefunden; ich saß drauf. Immerhin, vier Stunden Handpaddelarbeit habe ich hinter mir.
Wenn schon; kann man den Kahn wenigstens noch ehrenvoll zum Landungssteg staken.

Die heile Welt der Fische

Manchmal kommt alles wieder zurück: Die Bombenkrater, die Trümmersteppe, der Hederich auf den Ruinen und der dumpfe Vergänglichkeitsduft. Dann nützen die Neubauten nichts, dann fühlt man sich inmitten des imposanten Berliner Zooviertels auf einmal verloren wie im Mai fünfundvierzig und sieht sich geduckt nach einem Refugium vor dieser hartnäckigen Vergangenheit um.
Und jetzt geschieht es, das Wunder: Dieses Refugium gibt es; ›Aquarium‹ steht drüber; man zahlt eine Mark und darf es betreten.
Und betritt eine andere Welt. Eine Welt, die heil und unverletzbar geblieben ist; eine Welt der Stille und der Bescheidung; eine Welt der Versunkenheit und der Kühle. Die Stimmen klingen in diesem Dämmer gedämpft. Kein Wunder: Fische zu betrachten erfordert Verzicht; im Grunde kann man ihre Anmut nur schweigend begreifen. Doch immer bleibt ein unbegreiflicher Rest. Er steht deutlich sichtbar im Gold und im Blau ihrer teleskopischen Augen, und man ist leicht bereit, ihn Ängstlichkeit oder Trauer zu nennen. Aber wie dürfte eine Kreatur, mit soviel vollendetem

Charme begabt wie ein Fisch, zur Melancholie neigen? Vielleicht haben die Fische Angst um ihre Schönheit. Denn die umfaßt alles: ihren Zauber und ihre Einfalt, die Eleganz ihrer Form und die verspielte Majestät ihrer Bewegung. Und vor allem: die Farbe.

Es gibt Fische, die muß die Natur in ihrer Freizeit gemacht haben; unvorstellbar, daß sie die Freude an solchen Farbkonstellationen an einem gewöhnlichen Werktag aufgebracht haben soll. An Werktagen wurden allenfalls unsere Süßwasserfische gemacht: Der Schlei, die Karausche; der Blei und der Döbel; der Gründling, die Plötze, der Aal. Sie alle schwimmen sozusagen im Straßenanzug herum. Nur zur Paarungszeit leiht die Natur den Männchen für einige Zeit eine bunte Krawatte, ein silbernes Chemisett, eine rötliche Weste. Aber schon beim Barsch und beim Hecht war sie freigiebiger. Doch was ist der Grünspan des Hechtleibs, was das rostige Rot unseres Barschs gegen das Farbenkonzert des Picasso-Fischs?

Der Picasso-Fisch ist nur Kopf. Aber was für ein Kopf. Es gibt kaum eine Farbe, die ihn nicht zierte. Bläßlich dekadente Tönungen überwiegen. Und mit welcher Delikatesse sind diese Farben gegeneinandergesetzt. Dieser Fisch ist mehr als ein abstraktes Gemälde; er ist die Fleisch und Blut gewordene Inkarnation gött-

lich-sinnlosen Spieltriebs. Nicht er dürfte nach Picasso genannt worden sein, sondern Picasso müßte sich nach ihm so genannt haben. Im selben Bassin wohnt auch der Kofferfisch. An ihm ist nicht so sehr die Farbe das Aufregende, vielmehr die Form. Er ist sechskantig wie eine altmodische Reisetasche und auch so ähnlich bezogen, nämlich mit einem verblichenen, schwarz übertupften Hellgrün. Wenn man ihn ansieht, packt einen das unwiderstehliche Bedürfnis, mit Daumen, Zeige- und Mittelfinger die einladende Glätte seiner Kanten entlangzufahren, um noch einen ungefähren Nachgeschmack des Lustgefühls zu verspüren, das seinen Kreator beseelt haben dürfte, als er ihm augenzwinkernd Seiten und Rückgrat gefalzt hat.

Auch der Knurrhahn muß ein Sonntagsfisch sein; allein schon seiner türkisfarbenen Brustflossen wegen. Am Grund klappt er sie zu und kriecht mürrisch auf seinen drei paar Stelzbeinen

umher. Plötzlich aber schwingt er sich auf, und man meint, eine Blauracke fliege unter Wasser dahin, so flügelgleich erstrahlt nun sein Brustflossenblau. Den Namen hat er von seiner Stimme; er knurrt, wenn er sich fürchtet; und tatsächlich mögen das auch viele Raubfische nicht und verzichten daher lieber auf Knurrhahnfilet. Manchmal war die Natur aber auch traurig beim Fischentwerfen. Beredtes Zeugnis davon legen die Black-Mollies ab. Sie sind nachtschwarz und mit grämlichen Tassenschnuten versehen, die sie unaufhörlich zu lautlosen Seufzern öffnen. Sie sind knapp so groß wie ein Daumen und bewegen sich abwesend und traumhaft; man wird den Verdacht nicht los, hier verwunschene Kolibris vor sich zu haben, die zur Strafe, daß sie verbotenerweise mal an einer schwarzen Orchidee genippt haben, nun in ebenso schwarze Fische verwandelt worden sind. Sicher kommt einst der Tag, an dem die Black-Mollies sich wieder beflügelt in die Lüfte erheben.

Als Gott am Indischen Glasbarsch gearbeitet hat, muß es geklingelt haben; er stand auf, um öffnen zu gehen und hat ihn vergessen. Und jetzt schwimmt der Kleine durchsichtig wie das Monokel Poseidons umher. Man kann nicht nur jedes Äderchen in ihm entdecken, man sieht auch sein Herz schlagen, und man erkennt, blickt man durch ihn hindurch, deutlich das Filigran des Korallenbäumchens im Winkel seines Bassins. Sonderlich froh scheint er seiner so offensichtlichen Sensibilität allerdings nicht eben zu sein. Man müßte bei der zuständigen Stelle wohl mal an ihn erinnern; es wäre gewiß nur eine Sache von Tagen, ihm das geeignete Schuppenhemd arbeiten zu lassen.

Der Weißbindenkorallenfisch, einige Glaskästen weiter, ist entschieden wieder ein Sonntagswesen. Sein Rot ist das gleiche, das die Spielzeugfirmen immer den Zelluloidfischen angehext hatten, die man als Kind in die Badewanne mitnahm. Die Reinheit seiner Streifen jedoch ist schwer mit einem anderen Weiß zu vergleichen, das gibt es nur einmal auf des Schöpfers Palette. Und doch wirkt dieser Fisch nun nicht etwa feierlich, sondern eher drollig-betulich; er erinnert an ein von Breughel gemaltes

Marktweib, das sich ein Kopftuch umgebunden hat, um seinen Zahnschmerz zu mildern.
Die Seepferdchen haben etwas Gespenstisches an sich. Es sind junge und ganz winzige da; sie wirken gegen die weiße Rückwand ihres Bassins stummfilmhaft wie traurige Chaplin-Dämonen. Man bekommt Herzweh, wenn man sieht, wie schon diese kleinen es satthaben, aufrecht zu stehen und sich umfallen und absinken lassen und kopfunter dahintreiben, als hinge ihnen die Erfahrung eines Jahrtausends am Hals. Ihre Eltern wirken gefeiter. Sie haben die ältesten und freundlichsten Gesichter, die man sich vorstellen kann. Ständig kippen sie um, aber immer wieder stehen sie auf und steigen sie schwebend nach oben. Sie erwecken den Eindruck, als seien sie an Händen und Füßen gefesselt; durch ihre Grazie jedoch sind sie für die fehlenden Arme und Beine reichlich entschädigt. Und auch die Stille und die Standhaftigkeit der Blumentiere trägt ihren Lohn in sich selbst. Ihre Genügsamkeit verdiente, von Zymbeln, Triangeln und Gamben begleitet, in unter Wasser geflüsterten Oden gepriesen zu werden. Es gibt harmlose und unheimliche, obszöne und abweisende, gnomig verkrüppelte und feiste vitale. Manche sehen wie bläßliche Marzipanpalmen aus; andere haben Schöpfe aus Glashaar; wieder andere zucken, als schlüge ein Menschenherz in ihnen. Fast alle sind fleischfarben bunt; sie legen Wert darauf zu leuchten im Meer und Neugierige herbeizulocken: kleine Fische, Makrelen, winzige Krebse, die sie mit ihren blühenden Armen umfangen und liebevoll fressen. Die Finsternis bekommt ihnen sehr; im bläulichen Dämmer ihres Bassins kommen sie auch am vorteilhaftesten zur Geltung: sie bedecken die künstlichen Felsen wie eine sinnlos schöne Kollektion zauberischer Nixenhüte.
Die Ruhe der Karpfen dagegen enttäuscht; sie ist ratlos und dumpf und bar jeder philosophischen Note. Sie scheinen nicht recht zu wissen, wohin mit sich und haben sich nun in eine schlecht gemimte Gelassenheit zu retten versucht. Aber auch ihr Aussehen wirkt desillusionierend. Ihr fahles, bläßlich-breiiges Blau zwingt die Assoziationen an ungelüftete Betten herbei. Das untergräbt sehr den Kredit, den dieser Fisch aus Sprichwort und Fabel doch hat; man würde ihn, zumal er ein einheimischer ist, gern majestätischer sehen. Vielleicht ist den Karpfen aber auch nur ihre Kulisse zu kahl, und Majestät braucht Prunk, das ist eine alte Erfahrung. Das Karpfenbecken aber ist nackt, es weist keinen einzigen Stein auf, nur blechernen Grund, und man wird vor der preußischen Nüchternheit dieses Wohnstils nur allzu schnell wieder an jene andere Welt der Bombentrichter und Fischhandlungen erinnert, der man selbst angehört.
Schon das Bassin der Regenbogenforelle verdrängt diese Erinnerung aber. Man hat es aus Felsen gebaut, die perlendes Wasser

herabrinnt, und darüber erhebt sich eine liebliche Rummelkulisse, die herrische Buchen und ein sanft plätscherndes Waldbächlein aufweist. Das ist sehr rührend; wenn auch die beiden Forellen darunter bei so vielem Glanz nun ein wenig verblaßt wirken. Und dabei hat die Natur sich doch gerade an ihnen in den zartesten Farbeffekten versucht. Geradezu eine Spitzenleistung an dezenter Eleganz hat sie aber im Farbton des Scheibensalmlers vollbracht: Silbernem Lachsgrau ist ein fast nur zu ahnendes Karmesinrot untergelegt; dazu wird ein heiteres Buddha-Antlitz getragen; eine Kombination, mit welcher der Scheibensalmler eindeutig die so oft bestrittene Vereinbarkeit von weltlicher Vornehmheit und weltabgewandter Beschaulichkeit unter Beweis stellt.
Nicht immer jedoch tolerieren sich gegensätzliche Kräfte so in den Fischen. Im Schlammspringer zum Beispiel ringen Wasser und Land miteinander. Keiner will nachgeben; mal muß das arme, kaum fingerlange Geschöpf an Land, mal muß es ins Wasser. Niemand versteht das, denn der Schlammspringer ist ein Ausbund an Häßlichkeit; er hat kugelige, dicht nebeneinandersitzende Glotzaugen, die Rumpfform eines Hubschraubers und Flossen, die man ebenso gut auch als Hände bezeichnen könnte, denn er stützt sich auf sie, wenn er an Land ist. Wie alle Kinder streitsüchtiger Eltern ist er hochgradig nervös und bewegt sich in hektischen Zappelbewegungen fort, so daß man ständig versucht ist, ihn, wenn er an Land zappelt, ins Wasser und wenn er im Wasser zappelt, aufs Land zu setzen, zumal er einer der wenigen Fische ist, bei denen man das Gefühl hat, er ahnt, daß er eingesperrt ist.
Auch beim Schützenfisch quält einen diese Vermutung. Möglich, daß seine bestürzt herabgezogenen Mundwinkel einen zu dieser Annahme verleiten. Hauptsächlich aber legt sie einem sein plötzliches Lossausen und unmotiviertes Herumirren nah. Man merkt ihm an, er ist neu, er hat die Unerbittlichkeit der Gesetze, die

in einem viereckigen Glaskasten gelten, noch nicht begriffen; ihm hallt noch das Echo der Freiheit im Blut. Wenn er dann jedoch, nur für Minuten, zwischen den Schilfhalmen steht, von vorn fast so schmal anzusehen, als sei er selber ein Halm und mit einem Gesichtsausdruck, dessen ängstlich abwartende Starre an den Schreckblick der Rohrdommel erinnert, dann ahnt man: er fängt an zu verstehen. Und bestimmt ist der Tag nicht mehr fern, an dem auch der Schützenfisch die Würde seiner Unbefangenheit wiedererlangt haben wird. Denn fast jeder Fisch erlangt sie in der Gefangenschaft wieder; es gibt nur sehr wenige, die nicht diesen faszinierenden Grad von Bescheidung erreichten. Wie man überhaupt aus ihrer unverletzbar gebliebenen Welt manches in jene andere, so trostlos versehrte mitnehmen kann. Und sei es nur die Heiterkeit, die einem der Kofferfisch einflößt. Und sei es nur die Eleganz eines Flossenschlags oder die Erinnerung an einen kupfern verzitternden Lichtreflex.

Vorwinterliches Diarium

Im Wald ist es still jetzt. Nur die Spechtschmiede hat noch durchgehend auf, und den ganzen Tag lang kann man den buntgeschürzten Meister mit schwirrenden Schnabelschlägen die Zapfen aufhacken hören. Man merkt ihm an, er arbeitet auf Vorrat; denn sind erst die Schneepakete auf den Ästen verteilt, ist es vorbei mit den harzigen Leckerbissen, die die rauhgefeilte Dochtzunge jetzt zu Hunderten aus den sperrig gehämmerten Kienäpfeln schleckt.

Am See unten spielt auch keiner mehr mit. Gestern japsten noch ein paar frostklamme Schleie im Stellnetz; doch es muß ein Versehen gewesen sein, man merkte ihnen an: sie hatten sich nur verschwommen. (Was die Waldhütersfrau aber nicht gelten ließ; sie hat sie in Biersoße gekocht.)

Selbst dem Hecht ist die Lust vergangen. Heute nochmal Strich um Strich mit dem Blinker im Schlepp den See abgerudert – nichts; nicht mal ein Freundschaftsbiß. Nur der Barsch nimmt noch an; auf den kann man sich eigentlich das ganze Jahr über verlassen. Er kämpft zwar an der Angel längst nicht so rasant wie der Hecht, hat auch nicht so aufregend viele Tricks wie dieser, aber er versteht sich auf Fairneß, er ist ein sportlicher Fisch.

Der Waldhüter sitzt seit anderthalb Tagen hinterm Ofen und schläft. Er ist schon immer die verkörperte Muße gewesen; trotzdem: gelöster hat man sein silberstachliges Dachsgesicht selten gesehen. Hauptsache, dem Wild bekommt diese Siesta genauso wie ihm.

Im Mull einer reichlich zweihundertjährigen Eichen-Diva (hohl wie ein Schornstein und grünt jedes Jahr) eine Hirschkäferleiche

Die Siesta bekommt ihm

gefunden. Schönes stahlblaues Männchen, korrekt mumifiziert, und mit einem phantastischen Zangengeäst auf dem Marsmenschenkopf. Das Geweih ist so schwer, daß sie aufrecht fliegen müssen. Sieht toll aus, wenn so ein geflügelter Hirsch angebraust kommt. Vor Jahren stieß mal einer mit einem Motorradfahrer zusammen. Der Mann ist gestürzt; der Käfer hatte ihm im Anprall die Brille zerschlagen.
Das war der dritte Tag, den der Waldhüter, beinah unbeweglich, hinterm Ofen verbracht hat. Ißt denn dieser Mensch gar nichts mehr? Offen gestanden, allmählich fängt das an, unheimlich zu werden.
Und wer ist — vom Wald mal ganz abgesehen jetzt — der Hauptleidtragende dieser unwahrscheinlichen Schlafsucht? Anton, der Langhaardackel. Ständig angewiderter, sieht er nach seinem Herrn, um dann wieder mit provozierend kratzendem Krallenprotest unter der Couch zu verschwinden.
Ist aber auch bitter für Anton. Wo er doch sonst fast jeden Tag

mit draußen sein durfte. Ob *ich* vielleicht mal mit ihm anbändeln sollte? Dränge mich Hunden bloß so sehr ungern auf.
Allmählich sind nun auch die Schonungen kahl. Bis auf die halbstarken Eichen natürlich, die ja noch nie begriffen haben, daß Loslassenkönnen die Geste wahrer Lebenskunst ist, und die nun wieder genauso anachronistisch in ihrer hoffnungslos verschossenen Raschelkluft dastehen wie jeden November. Ein typisches Beispiel von übertriebener Blätterverehrung. Und wer hat da schuld? Wie an so vielem: die Militärs. Denn wenn man Eichenlaub ständig mit Ehre koppelt und Schwert, da darf man sich logischerweise nicht wundern, wenn diese irrgeleitete Baumjugend jetzt ihre verblichenen Überfallhemden nicht abwerfen will.
Was anderes ist natürlich, wenn sich die *Kiefer* gegen das Kahlwerden sperrt. War bei den jungen Eichen vor allem das Mißtrauen ausschlaggebend (wer sagt ihnen denn, daß die Natur sie im Frühling erneut dekoriert?), hält die Kiefer aus moralischen Gründen an ihrem Nadelkleid fest. Sie ist der Protestant unter den Bäumen; ihr puritanischer Sittenkodex verbietet ihr, sich unbekleidet zu zeigen. (So macht sie im Herbst ja noch nicht mal den Laubfasching mit, an dem sich doch selbst die katholische Buche beteiligt.)
Der Waldhüter schläft immer noch. Mir unverständlich. Und seine Frau melkt die Ziege, füttert die Hühner wie stets. Antons Verbitterung grenzt an Resignation. Wenn man hier nicht bald etwas unternimmt, droht diese Dackelexistenz zu einem Hundeleben zusammenzuschrumpfen.
Strahlender Sonnenschein; die Meisen mimen auf Lenz. Konnte der Wetterlüge nicht widerstehen und bin nochmal stippen gegangen. Den Bläßhühnern allerdings macht diese aufgedunsene Sonne nichts vor: sie schaukeln schläfrig im Schilf und haben fröstelnd die Paddel in die Bürzeldaunen gezogen.
Eine riesige Bleie, sozusagen die Urbleie, biß. Hätte das Ding backpfeifen können, so schlapp ließ es sich rausziehen. Sollen sie doch nicht erst anbeißen, wenn sie keine Lust haben zu toben. Nichts regt mich mehr auf als ein unsportlicher Fisch. Trotzdem, ich ließ die Dicke wieder zu Wasser. Aber selbst jetzt: kein Freudentaumel, kein Temperamentsausbruch; nur tumbes, bleiernes Absackenlassen. Ich hätte ihr nachrufen mögen: ›Das ist deine Freiheit!‹ Doch *so* warm, daß man ungestraft den Kopf hätte ins Wasser stecken dürfen, war es nun auch wieder nicht.
Überall treten im röntgenhaft kahlen Stangenholz jetzt die struppigen Eichhörnchennester zutage; Struwwelpeterköpfe aus Reisig, vom Waldschrat auf seine knöchernen Burgzinnen gespießt. Doch ihr Äußeres täuscht; ich habe vorhin mal ein altes auseinandergenommen, es war einladend mollig mit gelben Pirolflaumfedern und mit Moos und Wollgrasflocken gepolstert; man

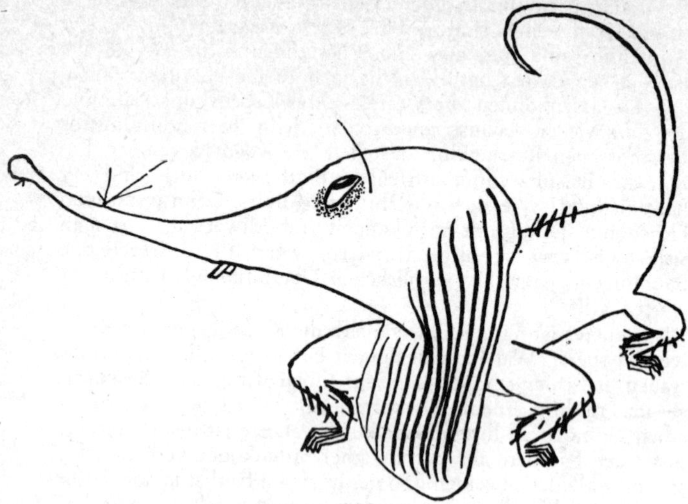

Er scheint mich nicht nötig zu haben

könnte, den Winter über, getrost sein Herz drin verpacken. (Aber *noch* fröstelt's ja nicht.)

Also, *Charakter* hat Anton ja, das muß man ihm lassen. Offenbar ging ihm das Schlafbedürfnis seines Herrn nun doch etwas über das Halsband. Jedenfalls durfte ich Zeuge sein, wie er vor dem Schläfer, mit allen Anzeichen konzentrierter Verachtung, das Bein hob; erfolgreich, versteht sich.

Doch auch die Erweckung an sich hatte Erfolg. Denn der Waldhüter lächelte plötzlich im Schlaf; darauf begann er, verklärt die Augen zu öffnen. Da gewahrte er Anton, der immer noch dreibeinig dastand. Keine zwei Sekunden nun allerdings mehr; dann schoß er, zu einer heulenden Kugel geballt, gegen die Tür.

Diesen Tritt dürfte Anton, wie ich ihn kenne, kaum auf die die leichte Gesäßbacke nehmen. (Zu verzeihen zum Beispiel ist er auf gar keinen Fall.)

Die Frostboten sind da. Wolken von Erlenzeisigen unten am See. Unbegreiflich, wie die das machen: sie können zwitschern und fressen zugleich. Ein schwarzer Regen ging nieder, als ich hinaufsah zu ihnen – die zerknabberten Samen. Der Haubentaucher ritzte diamantene Schrammen ins Seefenster ein; er ist unruhig geworden, seit die Zeisige da sind. Er hat recht; bestimmt nicht so einfach, ein Wasservogel zu sein, wenn die Gewässer vereisen.

Und auch die Rehe fangen jetzt an, den Winter zu wittern. Mitten im Äsen bleiben sie plötzlich kopfhängerisch stehen und lauschen unter schattig gesenkten Wimpernmarkisen abwesend in sich hinein. Scheint schon zu schneien in ihren Gehirnen; denn auf einmal kräuselt ein Zittern die rostigen Felle, und die Tiere schütteln sich, daß die dünnen Staketenbeine fast weggeschleudert werden dabei. Der Waldhüter schläft in bleierner Frische. Er hat neulich nur mit geschlossenen Augen eine Knoblauchwurst und einen Kanten Schwarzbrot verzehrt, schon war er wieder hinüber. Muß tatsächlich so was wie ein Winterschlaf sein, was er da hält. (Deshalb also ist mir der Mensch immer so dächsisch verschmitzt vorgekommen.)
Unterwegs heute Anton getroffen: Genau, wie vermutet: er hat sich von seinem Herrn distanziert. *Ich* grüßte zuerst; woraufhin er die Schwanzfahne hißte und ein korrektes ›Schön heute‹ rübersignalisierte. Mein anbiederndes Nicken kam leider zu spät; Anton war schon weitergegangen. Schade; er scheint mich nicht nötig zu haben.
Geruchlich das Aufregendste jetzt: der Duft des modernden Laubs überall. Unmöglich, ihn zu beschreiben. Es ist was Grottenhaft-Schimmliges drin, das an schneckenschleimglänzende Gruftwände gemahnt; doch auch was Eisig-Gepfeffertes, das man schmecken kann, als hätte man in einen nebelgedünsteten Steinpilz gebissen. Bitter, herb, würzig, streng — all das trifft es und trifft es doch nicht. In habe die halbe Nacht nach der richtigen Bezeichnung gesucht; doch erst vorhin, an den Wildschweinsuhlen am See, fiel sie mir ein. Irdisch. Irdisch muß dieser Duft heißen.
Apropos Wildschweine. Die herbstliche Eichelmast ist ihnen ausgezeichnet bekommen. Sie fühlen sich so stark jetzt, daß es besser ist, ihnen aus dem Wege zu gehen. Gestern zum Beispiel sah ich durch die Stämme was Helles (hatte vergessen, daß sie sich in Mergelschlamm wälzen und dadurch weiß wie Mehlsäcke wirken . . .). Ahnungslos gehe ich hin, und wer steht da? Ein uralter Keiler, eine gut zwölfköpfige Horde im Rücken, und äugt mich unternehmungsfroh an. Wenn mich nicht alles täuscht, bin ich ein Stückchen gerannt; allerdings erst, nachdem ein paar Bäume zwischen uns waren.
Ein beglückender Abend. Anton nahm eine Käserinde von mir und rieb sich an meinem Schienbein den Kopf. (Da sieht man erst mal, wie bedürftig man solcher Auszeichnungen ist.)
Im Hochwald wird jetzt nur noch geflüstert; alles in ihm antichambriert und wartet darauf, daß der Winter mit seinen großen Empfängen beginnt. Die Lakaien rücken bereits die Zweige zurecht: Es sind Scharen von Seidenschwänzen aus dem Norden gekommen; sie balancieren träge, bunt und behaubt in den Birkenmisteln herum, deren milchige Beeren sie lieben. Anläß-

Wir enterten eine Eiche

lich ihres gedämpften Sirenengewispers die Assoziation von Schnapsgläserklirren und Rasiermesserblitz: diese Rufe schneiden einem die Pulsader auf, und man möchte sich betrinken dabei.
Nochmal auf dem See; die Waldhütersfrau hatte durchblicken lassen, ihr wäre zum Abendessen mit Fischen gedient. Harzluft mit Anklängen an Eisiges. Und graue, ächzende Schneewolkenweiber, die dicht vor ihrer Niederkunft stehen. Ein Stockentenpärchen prüfte mit schmatzenden Schnabellöffeln das gänsehäutige Wasser auf seinen Frostgehalt hin; blickten bedenklich, die beiden. Im Schilf drin, auf windwippenden Stengelstelzen, ein Rohrsängernest. Wo mag die Pfahlbauernbrut sich jetzt tummeln? Am Sudan vermutlich und bei Kap Horn. (Und unsereins ist schon erledigt, wenn er's im Herbst mal nach Düsseldorf schafft.)
Gebissen hat selbstredend nichts. Brachte der Waldhütersfrau als Ersatz einen Rohrkolbenstrauß mit. Keinen Sinn für Originalität; sie gab ihn der Ziege zu fressen.
Fieber und Schnupfen. Doch auf dem Fußende liegt Anton und schläft. Das Wildschweinrudel hat uns auf Lebzeiten zu Freunden gemacht. Anton hatte die Grenzen seines Hoheitsgebietes zu weit vorgesteckt und sich plötzlich den Schwarzkitteln gegenübergesehen. Jagdfroh, wie er von Hause aus ist, begann er sofort, den Keiler zu stellen; ich kam noch eben zurecht, um ihn am Halsband aus einem bedrohlich eng gewordenen Ring von hauerbewehrten Flaschenschnauzen zu zerren und mit einer Geschwindigkeit, die ich mir nie zugetraut hätte, die erste beste Eiche zu entern.
Wir haben reichlich drei Stunden in dem elend schaukelnden Wipfel verbracht; dauernd dieses Grunzen zu Füßen, widerlich. Dann setzte ein sanfter Schneeregen ein, und die Schweine beschlossen, das wütende Wühlen in den Wurzeln unseres Baumes zu lassen und erst mal nach Hause zu gehen; letzteres ein Beispiel, das ansteckend wirkte. Die Waldhütersfrau hat in einem riesigen schwarzen Kochtopf den Rumgeist beschworen. Der hat gleich drei Wunder auf einmal vollbracht: Das Fieber vertrieben, den Waldhüter geweckt und Anton, der drei dampfende Teller voll schlürfte, in eine schielende Bürste verwandelt.
Gereift in der Nacht. Die Pumpenpfütze im Hof trägt ein Monokel aus Eis.

Gut kann das werden; nicht nur der Waldhüter ist wieder eingenickt; jetzt lehnt auch, erinnerungsträchtig lächelnd im Schlaf, seine Frau neben ihm. Gott gebe, es ist bloß ihr Rausch, was sie ausschläft. Trainiere jedoch schon sicherheitshalber darauf, mit der Ziege Umgang zu pflegen; schließlich einer *muß* sich doch um sie kümmern.

Wie Intelligenz und Gemüt

Dem Himmel sei Dank, wenigstens Anton ist fit. Mit ihm einen Rekonvaleszentenspaziergang im Wald. Glitzernde Eiskristallmesserchen in der Luft. Im Trommelwirbel des Schwarzspechts schwingt Frostresonanz mit. Unsere Atemfahnen jedoch sind von friedliebendem Weiß.
Eichelhäher verpetzten im Fichtengrund einen Waldkauz. Pöbelmanieren: acht Mann hoch; und ein Rudel berserkerzorniger Goldhähnchen assistierte. Anton gebot mit einem herrischen Bellbefehl Ruhe; vergeblich. Schließlich sorgte der Kauz selber für den Abbruch der Mißfallensbekundung; er trat blinzelnd einen gravitätischen Schritt in seiner Höhle zurück und war weg. Als ich das Ohr an den Stamm legte, hörte ich ihn im Innern murrend die Treppe hinabgehen; holte sich sicher zur Stärkung erst mal eine Flasche Meisenblutwein aus dem Keller.
Stündlich kann jetzt das große Winterspektakel beginnen. Die Sonne hat sich schon seit Tagen in ihre Souffleurmuschel geduckt, nur ganz selten sieht man, wenn sie ein Textblatt um-

wendet, noch mal einen ihrer blassen Ellenbogen aufleuchten. Scheint ein ziemlich tristes Stück gegeben zu werden, fast alle Wolkenversatzstücke sind grau.
Schon wieder ein Wunder passiert. Der es vollbrachte, war diesmal der Fuchs; allerdings nicht allein; er hat zur Partnerin eine Henne benötigt. Ihr Sterbegeschrei verhallte wie eine Heulrakete im Wald; und raketengleich fuhr aus dem Schlaf auch das Waldhüterehepaar auf. Erfreulicherweise zu spät; nur noch eine vage Federspur führte in die Dämmerung hinaus.
Die Nacht über Kriegsrat. Die Waldhütersfrau (wie alle Frauen, wenn sie glauben, sie hassen) besteht darauf, aufs Ganze zu gehen; sie will dem Fuchs im Bau mit Schwefel zu Leibe. »Ausräuchern, basta.« Der Waldhüter möchte sich lieber mit dem Tellereisen begnügen. Und immer wieder händeringende Jammertiraden über die beflissene Eiproduktion der Verstorbenen dazwischen.
Dabei: Was zählt denn so ein betuliches Gackerleben schon groß gegen das Helden-Epos einer Fuchs-Existenz? Fuchs zu Huhn, das verhält sich zueinander wie Intelligenz zu Gemüt. Und diesem die Pfiffigkeit opfern? Kommt ja gar nicht in Frage.
Erst eben bemerkt: Anton ist weg. Großer Gott, wenn der bloß nicht –
Doch; genau das. Dem Fuchs nachgesaust und sich auf Leben und Tod geschlagen mit ihm; fand ihn hechelnd in einem Brombeergebüsch. Sah schon verdammt nach Aufgeben aus, die arme Kuhle da zwischen den Dornen. Und das Wahnsinnigste: Neben Anton, und fast genau so zerschunden wie er, die zurückeroberte Leiche des Huhns.
Für so einen Federwisch sein Leben zu wagen! Jeden Maßstab hat dieser Hund verloren. Aber sicher spielt da auch irgendwo wieder die Ehre mit rein; ist ja immer so, wenn einer was abgekriegt hat.
Frost. Wuchernde Eiskristallfarne am Fenster. Verzerrt, auf den Zaunlatten dahinter, drei schweigende Krähen. Wir haben Antons Wunden mit essigsaurer Tonerde gewaschen; er liegt stumm auf der Couch und sieht vor sich hin.
Den halben Tag draußen gewesen. Gelaufen, gelaufen und versucht, nicht an Anton zu denken. Eben, hart vorm Haus, ein Zeichen, das mir wieder Mut gemacht hat. Ein Sperber durchstrich in lautlosem Gleitflug das Kieferngehölz. Ein Goldhähnchen entsetzte sich derart vor ihm, daß es sich wie ein Stein vom Ast fallen ließ. Es lag vor meinen Schuhen wie tot. Ich stand fast fünf Minuten so still, daß mir der Herzschlag beinah die Schädeldecke zerschlug. Dann erst kehrten dem Goldhähnchen die Lebensgeister zurück, es flog auf, und ich rannte ins Haus. Aber da war Anton schon vor Stunden gestorben.
Hauchdünn geschneit hat es. Ums Haus herum ist eine flüstern-

de Schwanzmeiseninvasion im Gange; sehen wie winzige, mit langen Stielen versehene Panda-Bären aus, die knisternden Kleinen.
Anton ruht im Fichtengrund unter seinem Lieblingsstein; sogar ein paar Hühner schlichen uns nach, als wir ihn beisetzen gingen (schlechtes Gewissen anscheinend).
Typisch für mich. Endlich mal eine Freundschaft, die wirklich zu halten verspricht – prompt hagelt einem mal wieder das Schicksal dazwischen. Der Waldhüter macht es sich einfacher. Er glaubt, Anton rächen zu müssen und hat, mit jener unglückseligen Henne darin, sein Tellereisen gestellt.
Rächen! Und was hat Anton davon? Toten ist nur mit Verzeihen gedient.
Da hat man es schon Ich war extra früh aufgestanden, um das Eisen zuschnappen zu lassen. Wie üblich zu spät: Der Fuchs saß schon drin. Ein knochiger Rüde, über und über mit Narben und Wunden bedeckt, aber eine schön süffisante Intellektuellenphysiognomie.
Er klemmte bloß mit dem Vorderlauf drin. Schlimm genug, stimmt. Aber besser auf drei Beinen gelebt, als auf vieren gestorben. Also Mantel über den Burschen geschmissen, die gezahnten Tellerbacken auseinandergedrückt, ein Fauchen, noch ein herzhafter Biß in den Finger, dann war er verschwunden.
So.
Zum Glück schneit es; damit der Waldhüter die Spuren nicht sieht.
Jetzt nur noch ein leidlich intaktes Eichhörnchennest, in das ich mein Herz deponieren kann. Bis zum Frühjahr erst mal; dann, denke ich, hat man das Ärgste geschafft.

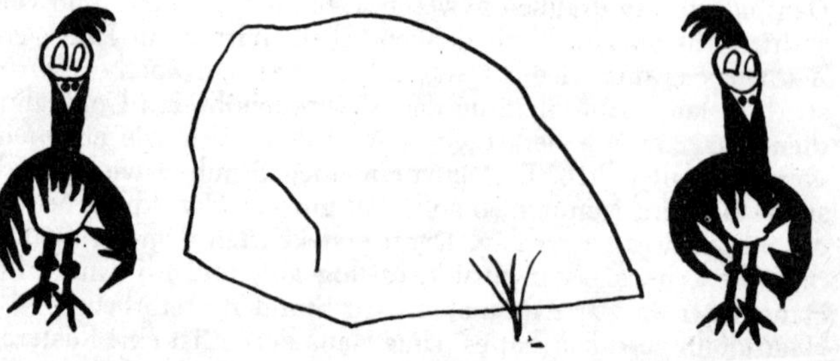

Brief eines Hundes

Werter Herr, schon seit Wochen beobachte ich, wie Dein Gesicht immer finsterer wird. Ich würde dem keine besondere Bedeutung beimessen, wenn sich diese Erscheinung nicht mit einer für mich weit betrüblicheren deckte; nämlich mit der, daß meine Suppe in dem Grade substanzloser wird, wie Deine Stirne gefurchter.
Mit einem Wort, Du zwingst mich, wieder einmal die Feststellung treffen zu müssen, daß Du nicht zu unterscheiden vermagst zwischen der Quelle Deines Kummers (die ich erfahrungsgemäß in Dir selber vermute) und Deiner doch nachgerade offensichtlichen Ungerechtigkeit gegen mich als einen an der Erregung dieses Kummers doch absolut Unbeteiligten.
Ehrlich gesprochen, werter Herr, ich verstehe hier Dein Verhalten nicht ganz. Wenn Du Kummer hast, so verbanne ihn in die Niere, die Galle, den Darm. Aber hänge ihn Dir doch nicht an; lasse Dir von ihm doch nicht jede Handlangung lähmen. Was, glaubst Du wohl, würde geschehen, wenn ich mich von meiner Enttäuschung darüber, daß diese Spanielhündin (ich denke, Du weißt, wen ich meine) sich trotz unserer Verabredung mit jener geiferschnäuzigen Bulldogge traf, so sehr in Bann schlagen ließ, daß mir der Gram darüber ins Herz *und* ins Maul, in den Magen *und* ins Angesicht führe; ja, daß er meine sämtlichen Pflichten zu beschatten begönne? Und doch steht fest, dieser Verrat hat mich zutiefst getroffen.
›Zutiefst‹ – ich gebrauche absichtlich Dein Lieblingswort; denn ich will Dir bedeuten an ihm, wo Gram, wo Kummer, wo Sorge und all diese Ungelegenheiten in Wahrheit plaziert zu werden verdienen. Nicht nämlich inmitten der ohnedies schon gefurchten Fläche Deines Gesichts, nicht auch bleischwer und in lähmenden Kilogewichten an jede Geste, jede Gewohnheit und an jede sonstige Unternehmung gehängt, sondern eben ›zutiefst‹ versteckt, ganz in den innersten Eingeweiden verborgen; dergestalt, werter Herr, daß kein Außenstehender unsere Enttäuschungen und Verzweiflungen auch nur in der allerblässesten Schattierung wahrzunehmen vermöchte. Ich hoffe, daß Du mich richtig verstehst. Daß man sich seinen Kummer nicht sozusagen aus den Lefzen lecken, respektive ihn, wie jenen unaussprechlichen Haufen, einfach verscharren kann, weiß ich sehr wohl. Aber soll man ihn deshalb wie ein Halsband zur Schau tragen? Wie leicht, werter Herr, werden Kummerfalten, selbst wenn ihr Anlaß längst schon vergessen ist, zu schaler Gewohnheit, wie schnell (bitte sieh Dir doch nur die Bulldoggen an) kerbt ein Gesicht, auf das man nicht acht gibt, sich ein und strahlt Weltschmerz aus, wo es nur auftaucht.

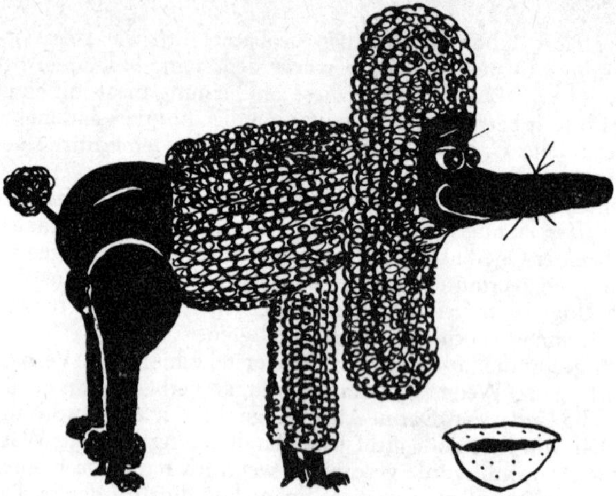

Nein, ich weiß wirklich nicht, inwieweit Deinem Kummer dadurch Abhilfe geschaffen sein soll, daß Du mir eine immer liebloser, immer dünner bereitete Suppe hinstellst, daß Du Deinen Mitkreaturen ein schlimmer als ein Acker zerfurchtes Gesicht präsentierst. Ist Dir denn noch nie aufgefallen, wie oft, wenn wir in die Elektrische steigen, plötzlich frohestes Lachen erstarb, jedwedes Leuchten auf andern Gesichtern erlosch? Ach, und wie oft habe ich dann durch effektvollstes Schwanzwedeln und alle Anzeichen einer, wenn auch nicht immer ganz unforcierten Ausgelassenheit, es unternommen, dieser mir so unsagbar peinlichen Wirkung entgegenzuarbeiten.
Vergeblich jedoch. Denn das ist das Verwundersame: Man scheint es für völlig in der Ordnung zu halten, das eigene Antlitz, das eben noch alle Anzeichen einer leidlichen Unbekümmertheit zeigte, sogleich und bereitwillig nach einem bekümmerten (wie nennt Ihr das doch:) auszurichten. Dem nicht genug. Das auf meine gezielte Ausgelassenheit hin um sich greifende Befremden schien der ungeschminkten Überzeugung Ausdruck verleihen zu wollen, daß man es als geradezu stillos empfinde, wie ein so sorgenvoll dreinblickender Herr sich mit einem derart unseriös gebärdenden Hund belasten könne.
Was aber, frage ich Dich, mag Dir an solch einer grotesken Verkennung gelegen sein? Schmeichelt es Deinem Kummer, wenn ihm dermaßen übertrieben Respekt gezollt wird? Schmeichelt es

ihm vielleicht sogar schon so sehr, daß er (wie bei den Bulldoggen) gar nicht mehr heraus will aus Deinem Gesicht? Fast fürchte ich, ja. Aber wäre er dann nicht nur noch um seiner selbst willen vorhanden? Wie anders aber soll ich sonst Deine strafenden Pfiffe verstehen, die Du mir Abend für Abend nachschickst, wenn ich, um im Training zu bleiben und um mir meinen Kummer aus den Eingeweiden zu pumpen, den Bastard des Nachbarn verfolge? Du willst mich doch nicht im Ernst glauben machen, Du hegtest die Befürchtung, ich vergäbe mir etwas, wenn ich diesen knickohrigen Domestiken zum Trainer gebrauche?

Soll ich Dir vielleicht mit kläglich eingekniffenem Schwanz und hängendem Kopf, womöglich noch triefenden Auges, wie das leibhaftige Elend nachschleichen? Soll ich genauso verhagelt dreinschauen wie Du, auf daß die Leute sich anstoßen und sagen: ›Seht doch das kluge Tier, wie es die Sorgen seines Herren sich mitzutragen bemüht!‹?

Ich will es offen aussprechen, werter Herr: Du bist mir lieb, weil Du mich nährst und mir eine Heimstatt gewährst und auch sonst mancherlei Vorzüge hast, die einem sein Hundeleben erträglich zu gestalten vermögen; aber Deine Sorgen interessieren mich nicht. Ob Du glaubst, der politische Himmel verdunkele sich; ob du befürchtest, mit einem Manuskript nicht zurande zu kommen; ob Dein Verleger Dir keinen Vorschuß gewährt, die

Brötchen sich noch mehr verteuern – all das ist mir egal. Ich hielte Dir die Treue, auch wenn das Finanzamt Dich zwänge, in Lumpen zu gehen; genügt Dir das nicht?
Habe ich vielleicht schon jemals verlangt, daß Du meine Seelenverfinsterungen mittragen müßtest? Habe ich nach der Erschütterung jene Spanielhündin betreffend auch nur eine Stunde meine Bellpflicht versäumt? Und doch, wie litt, wie leide ich selbst jetzt noch darunter! Ein Hund aber, der, statt pflichtschuldigst zu bellen, vor Liebesschmerz schluchzte; ein Herr, der seinem Hund anläßlich privater Seelenbetrübnis eine Plempersuppe kredenzt – worin unterscheiden die sich?
Gestatte mir, daß ich an dieser Stelle meine Epistel beschließe. Beschließe mit dem dringlichen Wunsch, wenn schon Dein Gesicht nicht gleich wieder geglättet, so doch meine Suppe nun wieder gedickt vorzufinden.
Ergebenst,
Dein Bibi.

Manche gehen lieber in den Wald

Ein letzter Dezember, so blau und rechtschaffen weiß, wie eine Schneewittchenkulisse. Und die ganze Chaussee runter Birken gepflanzt. Muß ein freundlicher Mensch gewesen sein, der das tat, dauernd erinnern einen die frostglitzernden Zweige an den Glasperlenfirlefanz, der an Großmutters Eßzimmertischdecke hing.
Im Schnee wohnt Musik, bei jedem Schritt klingt ein Geigenton auf; und die Rumflaschen im Rucksack sind jetzt auch melodiöser geworden. Das kommt von der einen, die bereits leer ist, der kann nun, so glaubt sie, nichts mehr passieren, und erleichtert klingelt und klirrt sie den ängstlich gluckernden etwas vor.
Schwer zu begreifen, daß heute eine Sterbetag ist. Wenn man das alte Jahr zu Sylvester noch derart strahlend erblickt, ist man geneigt, die Kalendermacher für Mörder zu halten. Hätte hier der Himmel die Hand mit im Spiel, man sollte darum einkommen, dieses Jahr noch am Leben zu lassen. Aber Zeiteinteilung ist Menschenwerk, da kann man sich's sparen zu intervenieren.
Man sieht es ja schon am Allerbanalsten: Gott hat nichts übrig für gemessene Zeit; sonst würde er doch wenigstens die Kirchturmuhren ewig gehen lassen.
Eine Elster zuckt auf stählernen Flügelblitzen über den Schnee und macht mit ihrem monotonen Schwarzweiß für Preußen Reklame. Jetzt hat sie sich auf einen devot dienernden Birkenwipfel gesetzt und starrt mir mit angewidert gekräuselten

Fliegt für Preußen

Schnabellefzen entgegen. Fehlt nur noch, sie klemmt sich ein Monokel ins Auge.
Natürlich, sie hat an meinem Torkelgang Anstoß genommen. Ihr empörtes Gekreisch fiel so unvermutet über mich her, daß ich entsetzt die Hände an die Hosennaht riß. Schlimm, wie das schon wieder in einem drinsteckt. Und wenn man da erst an das Feuerwerk denkt heute nacht! Ein Glück, daß ich weggefahren bin; zu Hause käme man ab zwölf aus der vollen Deckung überhaupt nicht mehr raus. Hab da Leuten schon mal die ganze Sylvesterparty verdorben: Aus dem Stand mich mitten zwischen die Gäste geworfen; nur weil draußen dieser alberne Kanonenschlag krachte.
Der Hochwald fängt an; und tatsächlich laufe ich hier doch einen Holzweg entlang. Er ist mit goldenem Pferde-Urin und den silbern schimmernden Abdrücken von Schlittenkufen bedeckt. Wo kennt man denn *das* nun bloß wieder her? —: Vierundvierzig; die Rückzugstraßen in Rußland. Trübe Aussichten, wenn man bedenkt, so sind die Wege beschaffen, die ins neue Jahr hineinführen. Rasch einen Schluck Rum hinterher; er harrt ja noch in vier weiteren Flaschen — Moment mal, hab ich da eben Ehrhardt gesagt? Ich bin noch nicht betrunken genug, mir fallen noch immer die Namen der Sternbilder ein.
Und überall Hasenfußhieroglyphen zwischen den Stämmen. Mit was für einer Unverfrorenheit die so einen Bogen strahlenden Schneepapiers vollhoppeln! Als komme der Begriff ›Unschuld‹ in der Hasensprache nicht vor. Muß ich an Ella denken bei Unschuld. Ella war doch ernsthaft der Meinung, nähme man es sich Sylvester nur fest genug vor, ließe sich jährlich ein Stück dieser Unschuld wiedergewinnen. Und dann mich mit diesem Installateur hintergehen, das paßt.
Links, von den großen Kahlschlägen, schallt jetzt die Trommel des Schwarzspechts herüber. Klingt beunruhigend knöchern; wer weiß, auf was er da rumhackt. Wenn mir nachher der Förster begegnet und hat ein Loch in der Glatze, dann weiß ich Bescheid. Was nicht heißen soll, ich nähme ihm immer noch übel, daß er mich angezeigt hat, als ich den Fuchs aus dem Eisen befreite; er ist Beamter; Festnageln, das liegt nun mal in seiner Natur.
Überhaupt die Natur. So zuckrig verkitscht, wie die diesen Winterwald ausstaffiert hat, dürfte auch die billigste Neujahrskarte nicht sein.
Und wie betont effekthascherisch diese zirpenden Marzipankartoffelportionen von Goldhähnchenschwärmen dazwischen! Die reine Vorstadtkonditoreischaufensterauslage.
Immer noch nüchtern, wie die fehlerfreie Aussprache dieses Wortes beweist. Was der Menschheit heute fehlt, das ist die Gabe, sich statt an Ideologien, mal wieder an einem soliden Schnaps

Er krächzt Injurien

zu besaufen. Und dauernd diese übertrieben deutlichen Hinweise von oben! Lächelt mich da, unter einer niedlichen Kusselfichte hervor, einladend was an; ich bück mich, was ist es? Ein Schädel. Fein oder nicht fein, das ist die Frage. Nein, *ich* finde es unschick, einen zu Sylvester so rigoros mit der Vergänglichkeit zu brüskieren. Und wenn das tausendmal ein Rehschädel ist: sind denn Rehtode vielleicht *nicht* zu beweinen? *Jeder* Tod ist Klagen wert; auch die Stubenfliege hinterläßt Frau und Familie. Wozu also noch diese Zusatzfußnote hier?

Obwohl – allgemeiner betrachtet, ist diese Erinnerung natürlich berechtigt. Zum Beispiel werde ich nie verstehen, wie man es fertigbringt, ein neues Jahr – das doch jeden von uns einen machtvollen Ruck näher ans Grab reißt – mit Böllerschüssen und jubelnder Heiterkeit zu begrüßen. Ginge es nach mir, heute müßte halbmast geflaggt werden. Aber bringe einer der Mastgans die Vorteile des Hungerstreiks bei.

Ein Eichelhäher fegt, Injurien krächzend, über mir mit wütenden Flügelbesen den Schnee von den Zweigen. Was hab ich denn *dem* schon wieder getan. Wo man ihr hintritt, fühlt diese Natur sich beleidigt. Hab *ich* vielleicht schon mal auf die Tauben geschimpft, die in der Stadt das Kaiser-Denkmal bekleckern? Tolerieren müßte man sich.

Schönes Stichwort. Da sehe ich sie, Glockenschlag zwölf, wieder alle raus auf den Balkon treten heut nacht und mit dampfenden Punschgläsern Leuten zuprosten, die sie normalerweise nie angesehen hätten. Ach, und die guten Vorsätze erst, die sie für's neue Jahr fassen! Ich frage mich bloß, wieso wird mit diesen guten Vorsätzen immer bis zum einunddreißigsten Dezember gewartet? Dreihundertfünfundsechzig Tage hat so ein Jahr, und am dreihundertfünfundsechzigsten Tag fällt den Leuten dann ein, sie könnten sich bessern. Da soll man *nicht* menschenscheu werden.

Langsam fängt der Rum an zu wirken: Eben erstmalig, ohne Herzklopfen zu kriegen dabei, wieder an Ella gedacht. Sie soll selig werden mit ihrem Installateur. Obwohl – korrekt war dieser Frontwechsel nicht. Und die Wasserspülung, die er heilmachen sollte, ist auch noch kaputt. Aber dafür hat jetzt wenigstens Ella immer ein intaktes WC. Diese Sicherheit hätte *ich* ihr nie bieten können.

So, und jetzt noch hier diese Eichenschonung entlang, dann bin ich am See. Wenn bloß nicht wieder irgend so ein Wilderer im Jagdhäuschen sitzt wie letzten Sylvester. Ich sehe den Kerl noch, Gewehr zwischen den Knien, meinen Karpfen aufessen. Sechs Pfund, und selber gefangen, und nichts als Gräten hat dieser Unhold übriggelassen. Das heißt, bevor er mich rauswarf, hat er mir noch eine Schuppe des Karpfens verehrt. Sie würde mir Glück bringen, meinte er, ich solle sie in die Brieftasche stecken. Die hätte das auch bitter nötig gehabt, denn er hatte sie, bis auf eine alte S-Bahnkarte, geleert.

Schon das vierte Eichhörnchennest, das ich in den kahlen Eichenwipfeln jetzt sehe. Ob die was *Bestimmtes* ausdrücken wollen mit ihrem fatalen Hang zu Deutschlands meistbesungenem Baum? Offen gestanden, das würde mich etwas verstimmen. Ich kann schon die Adler nicht leiden, weil sie einem dauernd auf Koppelschlössern und Dienstmützen erschienen. Und nun fangen also auch noch die Eichhörnchen an, sich patriotisch zu geben. *Die* haben es nötig, mit ihrem roten Fell! Nächstens ziehen vielleicht noch die Füchse in den Bundestag ein. (Wieso eigentlich ›vielleicht‹? Einer der ältesten ist doch seit vier Legislaturperioden schon drin.)

Krähengekrächz zersägt jetzt die Stille. Da kommen sie schon, die geflügelten Schicksalsverkünder. Der vordersten baumelt an einer bläulichen Sehne ein Hasenfuß um den Schnabel; die Anspielungen heute reißen nicht ab. Die sie verfolgen, erinnern in ihren Soutanen an erboste Notare: Das Gesetz gegen die Wehrdienstverweigerer kommt.

Ich muß enthaltsamer sein, auch der Spiegel der zweiten Flasche fängt an, rapide zu sinken. Will meiner Seele doch noch einen Punsch kredenzen heut nacht, damit sie sich unbeschwerter aufheben kann, falls es ihr um zwölf mal einfallen sollte nachzuzählen, ob die Sterne noch da sind. Aber eigentlich auch Unsinn, ihr bei solchen Fluchtversuchen zu helfen. Werde mal ruhig noch einen genehmigen; schließlich schleift ihr Nachthemdsaum

noch früh (und lang) genug über die Milchstraße hin. Und wer kredenzt dann *mir* einen Punsch? Meine Seele bestimmt nicht.
Typisch. Kaum streift man mal die Metaphysik, gleich bewölkt sich der Himmel. Die sind aber auch ganz schön zimperlich, da oben. Und prompt liegt natürlich sofort auch der See übelnehmerisch bleiern und verdrossen erstarrt da. Bloß nicht mal auf die Idee kommen, ein eigenes Gesicht aufzusetzen!
Und das Schilf bringt sich vor Devotion beinah um. Nur weil von da oben so ein Wind runterfuhr, der jetzt großsprecherisch über den See stapft und am südlichen Zipfel, wo das Eis nicht gereicht hat, den Enten die Bürzelfedern verwurschtelt.
Zu schneien angefangen hat's auch noch. Die hätten aber dem alten Jahr getrost einen sonnigeren Lebensabend zuschanzen können. Na, *mir* soll's recht sein. Obwohl, wie einem bei dem Wetter ein Karpfen an die Angel gehen soll, ist mir schleierhaft.
Fällt mir wieder ein, wie ich als Kind diesen Sylvesterkarpfen hab retten wollen. Er war aus seinem Bassin gesprungen und lag nun japsend auf dem bösen Asphalt. Niemand sah hin. Da warf ich mein Jackett über ihn und rannte mit ihm zum See. Doch ich hatte den Winter vergessen; der See war mit einer dicken Eisschicht bedeckt, die Kinder schlitterten drauf, und der Karpfen ist in meinen Armen gestorben. Am nächsten Morgen fanden sie mich mit meinem Fisch dann im Wald; ich hatte die Nacht gebeten, mich zur Strafe erfrieren zu lassen, außer acht gelassen jedoch, daß sie ja für das neue Jahr nicht mehr zuständig war.
Und da taucht nun auch das Jagdhäuschen aus dem Schneetreiben auf. Gott sei Dank, es ist keine Rauchfahne über dem Schornstein zu sehen. Das letzte Mal bin ich hier mit Ella gewesen; im Mai. Schwamm drüber, Rum drauf; Installateure sind auch Menschen, und wenn er Ella heiraten will, ist ja alles O. K. Bloß, was mich so fuchst: daß ich ihn auch noch selber ins Haus

gebracht hab. Aber was sollte man machen, man kann entweder Schreiber sein oder sich auf Wasserspülung verstehen. Hätte ich mal beides verstanden; dann wäre jetzt nicht nur der Lokus intakt, sondern auch Ella noch da. Dieses verdammte Spezialistentum. Da sieht man mal wieder, wohin einen das bringt.
So was Verhutzeltes wie dieses Jagdhäuschen gibt's nicht noch mal. Das hat sich eine Schneeperücke über sein spärliches Schilfhaar gestülpt, daß es mit seinen zerbrochenen Fensteraugen und dem schorfigen Baumrindenteint jetzt wie eine uralte, leicht irre und halb blinde Hexe aussieht, die sich einen ausrangierten Kaffeewärmer aufgesetzt hat. So ähnlich stelle ich mir das alte Jahr vor. Es sitzt in einem Lehnstuhl aus langsam tauendem Schnee. Die Zimmereinrichtung ist mit frostglitzerndem Spinnweb verhangen. Im eisigen Kamin pfeift der Wind, und auf dem Tisch hat ein runtergefallener Eiszapfen einen Stoß unerledigt gebliebener Post festgenagelt. Jedoch die alte Dame ist schon zu schwach, um sich ein Aufstehen leisten zu können; nur eins kann sie noch: Das verwitterte Eulengesicht ungläubig starr zur säulchengeschmückten Wanduhr hinwenden, die pausenlos tikkend die tröpfelnde Stille auszählt.
Als der frühere Förster noch lebte, ist das Jagdhäuschen hier der Umschlagplatz für die Wildbrethehler gewesen. Wir haben mal einen Sommerurlaub lang bei ihm gewohnt; sehr geschäftstüchtiger Mann. Er hatte sein Revier an reichlich anderthalb Dutzend wildernde Bauern verpachtet. Ehe der Schwindel aufflog, hat das Jagdhäuschen die illustre Gesellschaft bei manchem Wachholderumtrunk gesehen.
Aber auch das Mitglied irgendeiner Zarenfamilie, pflegte der Förster zum besten zu geben, habe hier schon Zuflucht gefunden. Und *ich* ohne Smoking!
Die Jetztzeit ist ebenfalls sichtbar vertreten. ›Ami, go home‹ hat einer ihrer Vertreter mit kernigen Runen in den Deckenbalken geritzt. Sonst prangen hauptsächlich Herzen im Holz; man soll nicht von uns sagen, wir seien gemütslos.
So, und schon flackert ein Feuer im Herd. Aus dem zerbeulten Kochtopf duftet's nach Nelken und Rum, und von den Socken, die zischend über der Leine hängen, steigt dampfend der Geist meiner Füße zur Decke. Theoretisch stehe ich also jetzt kopf.
Das wird auch der Grund sein, weshalb mir dauernd wieder die alten Geschichten einfallen. Einmal sollte der Förster Treiber stellen, um, mit einem Gendarmerieaufgebot zusammen, die Wälder hier nach besagten Wilderern zu durchkämmen. Sie haben jedoch nur eine alte Beerensammlerin aufgestöbert, die dem Förster die Pest an den Hals wünschte; sonst ist nichts weiter zum Vorschein gekommen. Der Grund war sehr einfach: Die Wilderer, die gesucht werden sollten, sind des Försters Treiber gewesen.

Hat ein ganz hübsches Schneestürmchen zu wehen begonnen da draußen; Mantel und Jackett vor den Fenstern blähen sich auf, als seien sie mit Wirtschaftswunderbäuchen gefüllt. Zu Hause zwängt die Herrenwelt die ihrigen nun ins festlich geschniegelte Beinkleid, während Martha grübelt, wie die Bowle verdünnen, denn es haben sich neunzehn Gäste zuviel angesagt.
Wunderbar, dieser Punsch. Ich habe einen frischen Kienapfel mit aufkochen lassen; so viel Würze wohnt auch im weisesten Witz nicht, wie sie hier jetzt aus meinem Blechbecher steigt.
Ich sollte auf Ellas Intelligenz einen trinken. Wie schnell sie zum Beispiel das mit der Leiche begriff! Ich tippte erst auf den Fischer. »Nee«, sagte Ella; »*die* Stiebel kenn ich. Der Förster, wetten.« Und richtig, als wir den Kahn rangestakt hatten, da war er's. »Idiot«, sagte ich. »Besoffen Reusen zu legen! Ja logisch, daß da was passiert.« »Ist kein Unglücksfall«, sagte Ella; »hier kuck doch.« Und sie zeigte auf die winzige Wunde zwischen den Augen des Försters. Tatsache; und als sie dann in seiner Hosentasche auch noch die Vorladung aufs Amtsgericht fand, war alles weitere klar.
Deprimierend, wie diese Welt sich heute benimmt. Den ganzen Tag lang hat sie ins Sterbezimmer des alten Jahres geblinzelt und sich säuselnd nach seinen letzten Wünschen erkundigt. Und was ist, wenn um zwölf der Neujahrssäugling losplärrt? Dann knallt sie die Tür zu und läßt die Alte verrecken.
Wirklich, die Leute sind schwer zu verstehen. Wem verdanken sie's denn, daß sie das neue Jahr noch erleben? Diesem dumm blickenden Säugling, dem sie um zwölf so besinnungslos zugrölen werden oder jener sterbenden alten Dame, die sie zum gleichen Zeitpunkt vergessen? Nein; komme *ich* mal ans Ruder, wird Neujahr verschwiegen und Sylvester als Trauerfeier begangen.
Gleich sehe ich wieder den Förster auf dem Kanapee liegen; so, wie wir ihn in den Kahn gezerrt haben. Auch den Revolver hatte Ella gefunden; sie war extra noch nach ihm getaucht. Mit der Vorladung zusammen haben wir ihn im Wald dann vergraben. Zum Glück war der Amtsarzt ein Mensch. Für eine Flasche Türkenkaffee schrieb er als Todesursache ›Jagdunfall‹ auf den Schein. Und als dann rauskam, sie hatten längst Bescheid gewußt über den Förster, wollten nur warten, bis sie auch die Hehler festgesetzt hätten, da stak schon das Holzkreuz im Hügel.
Das ist auch keine schlechte Idee: Alle seit meiner Geburt gestorbenen Jahre beschwören und den wiedererstandenen alten Damen auf dem Grammophon ihre Lieblingsgassenhauer vorspielen. »Fräulein Neunzehnhundertundzwanzig, was darf ich Ihnen auflegen?« »Ach bitte, ›Was macht der Mayer auf dem Himalaja‹.« »Und Ihnen, verehrteste Neunzehnhundertachtund-

Ich sollte auf Ella trinken

zwanzig?« »›Das elektrische Klavier, das klimpert leise‹ Oder es kann auch sein: ›Oh Donna Clara, ich hab dich tanzen gesehn.‹ Wissen Sie, man kann sich da so schwer entscheiden.« »Neunzehnhundertdreiunddreißig, und Ihnen –?« »Haben Sie Märsche?« »Bedaure.« »Dann nichts.«
Also, das kann aber auch nur mir passieren. Schnarrt da eben an dem Wasserloch unten, das ich, in der Hoffnung auf einen Sylvesterkarpfen, ins See-Eis gehackt habe, die Rollangel los. Ich, barfuß, wie ich bin, raus in die Nacht, runter durchs Schilf, angehauen, die Angel, und was hängt da dran? Eine rostige Sprungfeder. Fehlt bloß noch, daß sie aus dem Kanapee stammt, auf dem wir damals den Förster aufgebahrt hatten.
Natürlich. Und genau in die Tüte mit Pfannkuchen getreten. Und ich wundere mich, wieso mein großer Fußzeh nach Zuckerguß schmeckt.
Aber das war noch gar nichts im Vergleich zu dem, was eben passiert ist. Eine Sturmfaust fuhr durchs Fenster herein und drosch das Feuer zusammen. Jetzt hocke ich, meinen lauwarmen Punschtopf zwischen den Knien, im Dunkeln und überlege, wo die Streichhölzer sind. Wenn das man bloß nicht die Ankunft des neuen Jahres war, eben.
Tatsächlich: Der Wind weht Säuglingsjammern vom Forsthaus auf der andern Seeseite rüber. Na, also, dann prost, Ella. Und wenn du den Dings, diesen Installateur mal sattkriegen solltest – ich meine, man ist schließlich kein Unmensch …

Tagebuch einer Eintagsfliege

00 Uhr, 1 Minute, 17,7 Sekunden.
Kein Zweifel: Ich lebe. Eben die Fühler geradegestrichen und aus dem Gewirr meiner Beine klug zu werden versucht. Großer Gott, wie soll das bloß funktionieren! Und obendrein noch diese albern durchsichtigen Dinger auf dem Rücken; man ist doch kein Mannequin. – Recht unlustig eigentlich, dieses unverlangte Dasein zu akzeptieren. Vierundzwanzig endlose Stunden! Täten es nicht auch schon zwei oder drei? Weiß der Himmel, was dem Weltgeist einfiel, einen derart zu strapazieren. (Nichts, vermutlich.)

01 Uhr, 27 Minuten, 34,4 Sekunden.
Allmächtiger: Ich kann fliegen! Noch ganz betäubt von dieser Entdeckung. Nun gehört die Welt mir! Wenn ich jetzt nur wüßte, worauf ich gelandet, überhaupt: wo ich bin. Ich habe das Gefühl, auf einer Art Rollfeld; es wimmelt von an- und abfliegenden Nachtfaltern, und allerlei Bodenpersonal tummelt sich rings um mich herum. Über mir erkenne ich den Schein eines Sonnenplaneten. Werde wohl bald auf ihm zur Landung ansetzen.

02 Uhr, 19 Minuten, 01,2 Sekunden.
Eben mal kurz die mir zugeteilte Welt überflogen. Sie ist quadratisch und (ehrlich gesprochen) beleidigend eng. Werde die gesteckten Grenzen wohl nicht allzulange beachten. Nur noch ein kleines Training; schließlich, wozu *hat* man denn seine Flügel! Na, und dann: man will doch auch was erleben.

03 Uhr, 31 Minuten, 04,8 Sekunden.
Alles ist aus. Ich bin in einer Wolkengruft des Weltalls begraben. Ich breitete an meinen Grenzen die Flügel und stürzte ins Nichts. Hier sitze ich nun in schwärzester Nacht und bereite mich vor auf mein Ende. Oh, diese Farce von einem Dasein! Wegen einer Winzigkeit Hoffnung all dieser Aufwand; absurd. Und dabei: Was hätte man nicht alles beginnen können! Den Sonnenplaneten erforschen; weitere Planeten entdecken; eine eigene Flugstrecke gründen ... Aber nein, der Weltgeist berauscht sich an der Machtlosigkeit seiner Geschöpfe; er erschafft uns, um uns scheitern zu sehen. Ich schäme mich, ihm meine Wünsche geopfert zu haben.

04 Uhr, 14 Minuten, 33,0 Sekunden.
Ich sitze im Schein meines Sonnenplaneten und durchblättere mein Tagebuch. Dabei auch auf eine Eintragung von 03 Uhr,

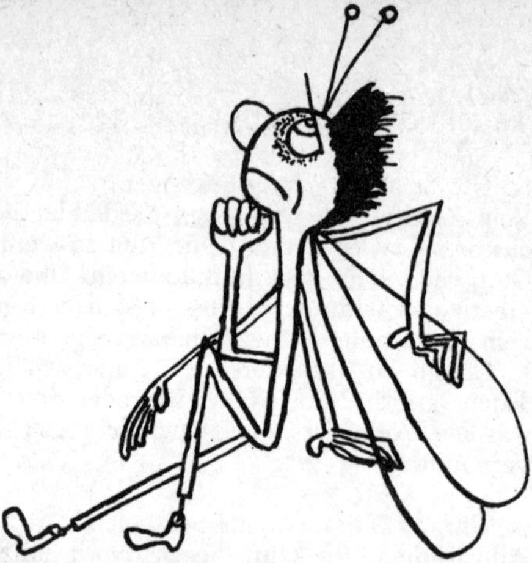

Alles ist aus

31 Minuten, 04,8 Sekunden gestoßen. Lieber Himmel, war man damals noch arrogant! Zu glauben, ein Sturz vom Schreibtisch (als solcher nämlich hat meine Welt sich entpuppt) sei gleichbedeutend mit des Weltgeists Nichtachtung gegenüber seinen Geschöpfen; belächelnswert. Und wie überheblich man zu jener Zeit war! Fliegen ... Die Welt kennenlernen ... Das Leben genießen ... Mein Gott: Die ›Welt‹! Wo ist sie denn, wenn nicht in mir? Und ›Genießen‹! Was heißt das denn anders, als Zeuge zu sein, wie sich sekündlich in einem Erfahrungskristall an Erfahrungskristall fügt:
Ich bin die Welt; was außer mir ist, sind bloße Existenzattrappen.

05 Uhr, 13 Minuten, 13,3 Sekunden.
Etwas Furchtbares ist geschehen. Der Sonnenplanet ist soeben erloschen, mir blieb fast das Herz stehen. Was nun. Kommt auch das Ende der Welt? Werde ich gezwungen sein, im Dunkeln zu leben? Warum nur hat der Weltgeist mich des Lichts seiner Gnade nicht mehr für würdig erachtet? Sollte ich etwas falsch gemacht haben (vielleicht: mich für zu wichtig genommen)? Irgendwie jedenfalls sieht mir das beunruhigend nach einem Strafgericht aus.

06 Uhr, 12 Minuten, 29,7 Sekunden.
Wie verzagt doch Dunkelheit macht. Seit über fünfzig (!) Minuten zittere ich nun schon in der Strafnacht des Alls. Ängstlich wandle ich, bebend die Fühler gebrauchend, unter ihrem gnadenlosen Mantel dahin.
Wirklich, ich gäbe glatt mein Flügelpaar hin, könnte ich mit diesem Opfer den Sonnenplaneten wieder zum Aufgang bewegen.

07 Uhr, 22 Minuten, 17,5 Sekunden.
Ich bin geblendet vor staunender Andacht. Eine immer mehr sich verbreitende Helligkeit flutet durch die Fenster und über den Schreibtisch herein. Es wird Tag, behaupten die Nachtfalter mürrisch. Ich glaube das nicht, mein Tag hat doch schon seit Stunden begonnen. Nein, das da draußen kann nur der Weltgeist sein, er steigt hernieder, um den Sonnenplaneten neu zu entzünden. Bloß gut, daß ich nicht (wie ich meine, es vor längerer Zeit einmal vorschnell angeboten zu haben) deshalb extra meine Flügel geopfert.

09 Uhr, 49 Minuten, 26,6 Sekunden.
Gräßlicher Reinfall. Was ich für den Sonnenplaneten gehalten, hat sich als Schreibtischlampe erwiesen. Überhaupt: diese elende Helligkeit nun! Alle Geborgenheit ist dahin; geschäftige Wespen und aufdringliche Brummer durchsummen das Zimmer, heimtückische Spinnen lauern in wabernden Netzen, und über meine Welt gebeugt, sitzt ein Wesen, das Zeitung liest und mich bei jedem Blattumwenden fast in den Orkus hinabweht. – Gefahr, wohin man auch blickt. Und in dieser Welt soll es sich lohnen zu leben? Ich will nicht bitter werden, aber ich habe mich unter einer Steuererklärung verkrochen; hier will ich reifen und an mir zu arbeiten trachten. Oh, wäre doch erst wieder Nacht!

11 Uhr, 28 Minuten, 12,9 Sekunden.
Eine starke Unruhe hat mich erfaßt. Dauernd das Gefühl, ich hätte etwas Großes unwiederbringlich versäumt. Vorhin wandelten, Arm in Arm, zwei Stubenfliegen an mir vorbei. Ist es *das,* was mir jenes Gefühl eingeflößt hat? Mir ist unbehaglich zumut.

12 Uhr, 19 Minuten, 15,0 Sekunden.
Ich bebe. Soeben einer bezaubernden Eintagsfliegendame einen Heiratsantrag gemacht.
Doch Pech: Die Ahnungslose hat sich ganze vierundzwanzig Stunden Bedenkzeit erbeten, und ich hatte den Mut nicht, ihren Trugschluß richtigzustellen.

14 Uhr, 54 Minuten, 27,2 Sekunden.
Sehr amüsiert. Soeben in meinem Tagebuch unter 12 Uhr, 19 Minuten, 15,0 Sekunden aus einer Eintragung entnommen, daß ich mich damals mit Heirats(!)absichten getragen zu haben scheine. Eine Fliege mit *meinem* Erfahrungsreichtum! Grotesk.

15 Uhr, 36 Minuten, 39,7 Sekunden.
Das Alter meldet sich an: Mühe, die Flügel zu heben. Wozu auch; Hauptsache, dem Geist erlahmen sie nicht.

16 Uhr, 20 Minuten, 1,5 Sekunden.
Es gibt nur zwei Eigenschaften, die erlangenswert sind: Milde und Gelassenheit; alles andere sind Scheintugenden.

18 Uhr, 58 Minuten, 19,8 Sekunden.
Mein Augenlicht trübt sich; es wird Abend in meinem Gehirn; bald gehen die Gestirne des Altwerdens auf. Oh, wird das köstlich sein, ziel- und wunschlos unter ihrem kühlen Glanze zu wandeln!

19 Uhr, 29 Minuten, 7,9 Sekunden.
Wie seltsam: nun, da mein Blick sich zu verdunkeln beginnt, bezieht sich auch draußen der Himmel; der Weltgeist will es mir leicht machen, er scheint nicht mit meiner Abgeklärtheit zu rechnen.

20 Uhr, 41 Minuten, 3,1 Sekunden.
Es ist Nacht um mich; mein Augenlicht flackerte noch ein paarmal, dann sank der Docht seiner Sehfähigkeit hin. Um mich summt mit samtenem Flattern die Nachtfalterschar. Sie stoßen sich den Kopf an der Schreibtischlampe, die sie in ihrer Einfalt für den Sonnenplaneten halten. Ich lasse sie bei diesem Glauben; nichts ungütiger, als ein alterndes Weltbild vorzeitig ins Wanken zu bringen. Ob es stimmt oder nicht: Hauptsache: tröstlich.

21 Uhr, 26 Minuten, 12,4 Sekunden.
Wie reich mein Leben doch war; ich berste fast vor Erinnerungen. (Auch in einem Teich muß ich, will mir dämmerhaft schwanen, als Larve einmal gelebt haben, anscheinend.) Das Schreiben macht Mühe. Ob man das, was ich hier aufzeichne, einmal wird lesen können? Merkwürdig, noch nicht mal *ich* komme von der fatalen Eitelkeit los zu wünschen, etwas Geschriebenes möchte mich überdauern.

22 Uhr, 30 Minuten, 3,8 Sekunden.
Ein feines Summen schwebt mir im Hirn; es klingt wie ein lange gehaltener Geigenton.

Ich beginne, müde zu werden: Die Seele reckt sich und reibt sich die Augen; ihr ist nach Aufbruch zumut.

23 Uhr, 17 Minuten, 31,9 Sekunden.
Alles ist gut; ich schicke mich ohne Groll in mein Ende. Vielleicht komme ich als Sonnenstäubchen zurück; dann will ich auf diesen Schreibtisch hier fallen und ihn in ein Flammenmeer der Verzückung aufgehen lassen — als Dank dafür, daß er mich lehrte, die Grenzen meines Seins zu erkennen.

24 Uhr, 49 Minuten, 9,5 Sekunden.
Der Summton in meinem Kopf ist zum Konzert angeschwollen. Ich sitze mitten unterm Orchester und erwarte das Zeichen zum Einsatz. Welches Instrument werde ich spielen? Ich weiß es noch nicht.

24 Uhr, 59 Minuten, 57,3 Sekunden.
Seit einer neunzehntel Sekunde ist Stille um mich, die Stille des Abschieds. Doch von wem soll ich ihn nehmen? Von mir? Mich nehm ich ja mit. Von der Welt? Sie ist ja auch dort. Vom Leben? Es hört ja nicht auf. So will ich gehen, als sei ich niemals gekommen oder, was dasselbe ist: als bliebe ich, auch wenn ich jetzt gehe. Adieu.